Gaea

GAEA

Gaea

Gaea

黑暗地下桌遊大賽

THE BLACK-HEART GAMES

天航 KIM ———著
六百一 ———插畫

黑暗地下桌遊大賽

目錄

Evil knows of the Good,

but Good does not know of Evil.

——FRANZ KAFKA

邪惡對善良瞭如指掌，

而善良的人毫不了解邪惡。

——卡夫卡

開端

來自黑暗的邀請函

我本來只是個平凡中學生，不高不帥大眾臉，爸爸是計程車司機，娘親是公司文員。平凡的我在平凡的中學唸中三〔註一〕，我的成績也不見得突出，從來沒有女生向我示愛。運動型的男生比較受歡迎吧？我只是「電動型」的男生，我傾慕的對象都是電競界的女神。

聽說我的學校前身是戰時的亂葬崗。因此，學校有股怨念般的磁場，吸引了區內的怪人入學。雖然同學們都怪怪的，但他們本質不壞，至少創校至今我校的學生都沒鬧出過甚麼大醜聞。敝校最傑出的校友，就是一位癖好是拍攝大便的學長，他畢業後成爲眞正的藝術家，作品曾在「米國後現代美術館」展出，這番成就美術科的陳老師常掛在嘴邊吹噓。

親戚問起我在哪裡唸書，每當我說出學校的名字，他們的反應都只是「哦」的一聲，稍微尖酸刻薄的阿姨就會多嘴問一句：「是不是名校？」

不好意思，我的中學不是名校喔……升上大學的比例也低得可憐〔註二〕。

註一：此書背景爲香港，香港的中三對應台灣學制，爲國中三年級。
註二：香港每屆考生的大學升學率僅有18%。

當平凡人，在沒名氣的中學讀書，好處就是沒有太大壓力。爸媽也不太管我的成績（想管也沒轍吧），所以我可以自由自在做想做的事，校園生活不算精彩，但過得滿愜意的。

副校長觀摩過名校之後，回來課室對我們傾訴：

「傳統名校的教學方式其實跟我們也是大同小異，但他們就是很有特色，學生都有股天然的傲氣。我覺得我們也要發掘自己的特色。敝校的特色是甚麼？我沉思這幾天之後，終於有答案了……我們學校最大的特色就是自由！大家在學校做愛做的事，都可以隨心所欲……」

那一刻，我覺得副校長好可悲。

講得出「自由是特色」這種話，跟流浪漢說他們「最大的財富是自由」有甚麼分別？

在這個百分之百資本主義的社會，要突破社會階層並不容易啊！之前做過一份關於「社會階級」的功課，我搜集大量新聞剪報和研究報告，結論只有一個：「貧窮是會遺傳的。懂得投胎比懂得投資更重要。」

結果我的功課惹來老師的批評，她還抓我去接受思想輔導。

我早就認命了。

當平凡人沒甚麼不好。

既然我當不了非凡的人，唯有如此安慰自己。

不過，人生總會有「運氣」的因素。

記得我最開頭說過的話嗎？

我「本來」只是個平凡的中學生……

這句話的意思，就是說我即將迎來改變人生的轉機，就像玩大富翁時抽到扭轉乾坤的機會卡一樣。

我從來都沒想過，命運之神竟然選上了我，讓我參加全城菁英學生雲集的校際比賽。

比賽有個很詭異的名稱——

黑暗地下桌遊大賽。

♠

整件事的開端發生在某個清晨，當我打開個人儲物櫃，就看到一個黑色的信封，大約是半張A４紙的大小。

黑色信封上有個紅色的封蠟印章，壓上骰子圖案。

似乎是爲了吸引我的注意，這封信有股濃烈怪味，我嗅了嗅，覺得是殺蟲劑的氣味。

信封裡有張對摺的黑色卡片，原來是活動的邀請函：

恭喜你！你被黑森林之神選中了。

你獲得黑暗地下桌遊大賽的參賽資格，

兩日兩夜的煉獄考驗在等著你。

×月×日（星期六）

早上7時17分在××碼頭上船！

一看見這樣的匿名信，我就知道是誰幹的——

是會長！

我們學校有個故意搞神祕的組織，偶爾會在傍晚的校園綁架低年級學生，強迫他們到課室玩桌上遊戲……這個組織叫「黑暗桌遊學會」，由會長創立及違規運作，他也樂此不疲，三不五時就會做出犯罪行爲。

我曾想過向校方舉報，這樣的話會長也許就會入獄，但無奈我曾在不知情的情況下參加過學會的「活動」，直到麻布袋裡掉出活人的一刻，我才知道會長做出了那麼可怕的事。如果我向校方舉報，我知道會長一定會拖我下水，誣告我同流合污。多一事不如少一事，我不想得罪會長這個瘋子。

「我這樣做是爲了讓他們體會桌遊的樂趣！」

會長眞的從來沒有傷害過綁架回來的同學（有沒有心理陰影我就不曉得了），我只好相信會長的動機是高尚的，只是手法極爲偏激罷了……總之和「學會」有關的活動，我都盡量避免參加。

到了明年，會長畢業，我就可以脫離他的魔掌吧？

唉！但這一次，會長找上門了，大家在同一所中學唸書，他要陰魂不散纏著我，我根本無處可躲。

當天放學，我在廁所解開拉鍊的時候，就發現會長站在我後面。

他飄到我旁邊的小便斗，故弄玄虛開始扯談：

「喂，你有沒有收到神祕的邀請信？」

「那封信我早就丟掉了。」

「WHY？？？樂樂，你知道這是多麼難得的機會嗎？這是兩年一度的大賽，所有桌遊愛好者都夢寐以求的盛事！」

「你要參加可以自己去喔。我沒興趣。」

「我們學會要組隊參加，這樣才比較有勝算。我已經幫你報名了。」

「SORRY……我不想參加。」

我舉起雙手打交叉，「X」就是堅決拒絕的意思。

會長面色一沉，雙眼睜得老大的，但更恐怖的是鼻孔也張大了，令平時外露的鼻毛更加突出。

他不退反進，與我站在同一格小便斗。他的手臂就像八爪魚的觸手，勾著我的肩膀，一張帶口臭的嘴，湊近我的耳邊。說話之前，他還吹了口氣，弄得我頭皮發麻。

「樂樂，你的怪癖眞是好特別，爲甚麼偏偏要讓我知道呢？我一直都忍耐得很辛苦，才守得住這個祕密……」

太過分了！我恨得牙癢癢的。

會長知道我會乖乖就範，因爲我有「把柄」在他的手上……

♠

上學期，學校辦了個「愛心學長補習計畫」，由高年級學長輔導低年級學弟。會長要開始準備升學考試，但他還是請纓當義工，這一點校方甚爲嘉許，還爲此頒授校長親筆簽名的獎狀。

命運將他跟我湊成一組。

在小息時見面，會長遞出一張表格，我不疑有詐，就填上了住址。

接下來的週末，他親自上門幫我補習，那一刻我曾經深受感動，覺得這位學長滿腔熱誠而且盡心盡責。事後，我才知道，原來其他「愛心學長」都不用上門補習，這件事從頭到尾都是會長的鬼主意。

會長是個略胖的男生，沒有長得很醜，但他不修邊幅，蓬頭垢面，令他的頭髮看來就像蝨子的溫床。

在我的房間坐下不久，會長探頭探腦地問：

「你有甚麼興趣嗎？」

「我的興趣？我的興趣是睡覺。哈哈。」

當我這樣回答，會長露出死金魚般的眼神，沉默了至少十秒……然後他發出長達十五秒的嘆息，聲調沉重得如同幽靈的低吟。

「周紙樂同學，你這樣的話，在成人世界是交不到朋友的。」

那一刻，我的自尊受到一點傷害。

開始補習之前，會長說要看一看我做過的考卷。我打開抽屜，翻出上學期派回來的考卷。會長凝神貫注地看了一會，中間還做出加速翻紙的奇怪動作，接著他問出一條不相干的問題：「你支持環保嗎？」

「嗄?環保?」

當時我還以爲自己聽錯了。

「如果你支持環保，拜託你下次考試，就叫老師不用派考卷給你了。」

會長毫不留情地羞辱我，而我呆住了好幾秒才明白過來。

那一刻，我的自尊被蹂躪得蕩然無存。會長一臉誠懇，將他的肥臂搭上我的胳膊，終於說出一些人話：

「剛剛是開玩笑的喔!我會好好教你的，讀書是有技巧的，用了我的心得來K書，你的成績一定突飛猛進。」

「我該怎麼做？」

「第一步，就是要進入集中力MAX的精神狀態。所以，每次在讀書溫習之前，我建議要喝一杯攝氏四十五度C的溫開水，同時閉上眼睛冥想兩分鐘。」

我乖乖聽話，嘗試他教我的方法。

就在我閉上眼睛之後不久，我感覺有東西套在我的頭上，會長卻用嚴厲的語氣叮嚀：「心無雜念！別張開眼睛！」我這個人傻頭傻腦的，居然笨得服從會長的命令。

咔嚓、咔嚓！

直到聽見手機拍照的聲音，我才發覺不對勁。

一睜眼，映入眼簾的是會長的笑容，一副猙獰的笑容。

我由頭上扯下來的東西竟是女性內褲！

而且是加大碼的阿婆款式！

那一刻，我懊惱萬分，後悔錯信了會長。

至今我仍不敢問清楚那條內褲是誰的……

那一天，我第一次見識到世道的險惡，很多人相貌堂堂其實心理變態……會長知道我住在哪裡，又有我戴著內褲的照片，自此他就常常纏著我和威脅我，強迫我參加「黑暗桌遊學會」的活動……

♠

在我眼中，會長當然是有病，而且已經病入膏肓。

上帝讓他這種人渣誕生在世上，絕對是禍害人間的惡作劇。但是，會長很會隱藏自己的黑暗人格，加上他的頭腦不錯，學業成績名列前茅，所以在學校混得很好。

因此，老師才會派他來幫我補習，讓我結下這段孽緣。

「聽說你們班有一位將阿婆內褲戴在頭上的怪人……」

會長看準我好欺負這一點，不時對我予取予求。

唉！我只是個人緣不好的中學生，要嘛反抗到底，要嘛任其擺布，而我選擇了後者。

這次倒不是太爲難的事，那個甚麼「黑暗地下桌遊大賽」，似乎是兩天兩夜的宿營活動，主辦商很慷慨，不僅不收任何費用，而且還包吃包喝包船票。

「不用錢這麼好？」

我承認我會因爲這點小便宜心動。

「我可以滴血保證。」

會長眞的拿出美工刀。

「OK！夠了！我相信你。」

我始終有惻隱之心，不想看見他自殘，心一軟，就答應了陪他參賽。

這個比賽有個怪名，很大可能只是譁眾取寵，到時候應該只是一班宅男聚在一起玩桌上遊戲，幻想自己是大富翁或者大戰略家，舉棋之間盡攬千財萬貫、橫掃千軍萬馬……唔，就算勝出這種比賽，對人生也沒有幫助吧？

會長有很大的野心，他說自己自夢遺以來的夢想，就是要爲學校爭光，稱霸全港性的聯校比賽。

談何容易啊？

我也懶得澆冷水，讓他「自HIGH」好了。

只是沒想到會長未湊夠隊員就報名了，他說還差一位隊員，才能組成他心目中的「夢幻團隊」……我也算是桌遊高手嗎？我臨場玩桌遊的次數，總和還未超過十次啊……

會長曾綁架過一位低年級學生玩桌遊，當晚那位學生表現出大將之風，在單對單的對決中大勝，狠狠打敗了會長。

王一波，這是那位學生的名字。

會長曾三番四次騷擾甚至雙膝下跪，但王一波都不為所動，拒絕參加任何桌遊學會的活動。

「王一波是我見過百年一遇的奇才，一定要將他招攬入隊，我們才會有一絲勝算！」哦……言下之意，就是說會長也自知沒本事，不抱著強力的大腿就一定沒辦法過關。

當天放學，會長拉著我一起行動，跟蹤王一波上了巴士。接著會長向我打眼色，暗示要採取一前一後「夾攻」的騷擾策略，與我分別搶佔王一波前面和後面的座位。

「王一波，請你看看這是甚麼！這是來自黑暗的邀請函。」

會長向他展示那張黑色的邀請卡。

車上還有其他乘客，會長講得那麼大聲，那一刻我感到萬分尷尬，便竭力裝作不認識會長的樣子。幸好我一早習慣了這樣的事，我都會在書包準備黑色的口罩，一跟在會長旁邊就會戴上。

王一波露出極為鄙視的眼神。

「你再騷擾我的話，我就要報警啦！」

會長臉皮這麼厚，當然死纏爛打。

「你不想成爲稱霸全港的桌遊冠軍嗎？你不想世人永遠記住王一波這名字嗎？能力愈大，責任愈大，你不參賽，就是浪費上天給你的天分！皇天擊殺，你會遭受天譴的喔！」

我歪著頭，望出窗外，把心一橫置身事外。

耳邊是會長愈說愈離譜的聲音，由車窗的倒影，可見王一波快崩潰了，他忽然激動地說：

「你知道我媽媽是甚麼人嗎？」

「哼，我怎會知道？」

「她是我們學校家長會的主席。」

聽了這番話，我暗暗吃了一驚，會長更是驚恐得凸出眼球。

只要在網上看過敝校的八卦版，就會知道家長會的主席心狠手辣，每一個惹上她的人到最後必定跪地求饒。她的職業是警署高層，有同學碰見她和老公吃飯，她老公不知講錯甚麼話，她一拿起玻璃杯就砸向他的面門，結果無辜的玻璃杯就此四分五裂，店小二也嚇得不敢要她賠錢。

有傳聞說她的老公有陣子沒有門牙，就是被她家暴打爆的……看完這種網上留言，很多學生都開始對婚姻產生陰影。

我和會長孤陋寡聞，雖然早就聽過家長教師會女主席的事蹟，但直到今天才知道這位主席是王一波的娘親。

「我勸你死心吧！媽咪一定不准我外出過夜。去年全級要去宿營，媽咪擔心我學壞，就弄到整個宿營活動取消了。唉！」

王一波一點也不像在說謊，看來他的媽媽眞的管得很嚴，簡直就是典型的「直升機老媽子」……不，他媽媽應該是軍用轟炸機的級數。在我和會長面前，王一波還拿出一個像鑰匙釦的東西，解釋說這是全天候監控行蹤的ＧＰＳ定位發射器。

會長竟然眞情流露，眞的爲王一波落淚了。這樣的事令我覺得很誇張，但會長並不像在演戲。

「眞可憐……你這輩子有看過Ａ片嗎？」

「Ａ片？」

「算了，你當我沒說過吧。但如果有一天你想成爲眞正的男人，我可以分享我的雲端資料夾給你……我不勉強你參加比賽嘍。不過，我想問一下，你有認識的人才可以推薦給我嗎？」

會長只是隨便問一問，他也應該是走投無路，才會拉我這個門外漢一同參賽。

沒想到王一波想了想，竟然眞的要向會長推薦人選。

「你們可以找其他學校的學生組隊嗎？」

「沒有明文規定不可以，所以應該是可以的。」

王一波的目光飄出車窗外。

「我小學時參加『萬獸卡』比賽的時候，曾有一位我怎樣也贏不了的勁敵。這個人曾奪得『萬獸卡』的香港地區總冠軍，我記得名字是叫胡崴王……」

王一波就在廢紙的背面寫上「胡崴王」三字。

哇，眞是好霸氣的名字。

王一波又告訴我們，他在鄰區赤壁商場逛街的時候，發現胡崴王在商場裡的魔術用品店兼差打工。這只不過是半個月前的事，所以如果會長去那個商場，應該還找得到這位昔日的萬獸卡冠軍。

告別王一波後，會長和我下車，他果然不准我回家，強迫我跟他一同去赤壁商場。

「你等等我。我要先回家拿一樣東西。」

「甚麼東西？」

「我姊的內褲。」

會長面不紅耳不赤地回答。

唉……我猜得出會長的企圖，招式不怕老，管用最重要。

胡崴王。

名字很霸氣，但通常名字的印象都跟眞人不一樣。而不知道爲甚麼，這名字給我一種奇妙的感覺。

中學未畢業就要做兼差打工，他的家境應該不算好吧？

我非常擔憂，這世上又會有一個可憐人將遭受會長的毒手……

♠

到了傍晚，天色漸暗，再不久就要天黑。

我跟著書包裡藏著女性內褲的會長，躡手躡腳步出地鐵站。

地鐵站裡面有兩個警察，彷彿是自然反應一樣，瞥見他倆的一刻，我的身子彷彿縮了一縮。我低著頭，在心裡嘀咕：「如果警察來搜身，發現會長書包裡的內褲，我也會遭殃啊……老天保佑，千萬不要有事……」

到了地鐵站外面，我才鬆了口氣。

現在會長衣衫不整，白襯衫兩邊敞開，眞的有幾分像不良少年。

自從聽到了胡崴王這個人的事，會長雙眼就燃起無形之火，他說自己興奮得體溫上升，所以情不自禁解開襯衫上的鈕釦。我只希望他控制得住理智，不要在大庭廣眾脫衣，始終我對會長的認識沒有很深，他會做出的怪事往往超出我的想像。

「其實……胡崴王會玩萬獸卡，已經是小學時的事。如果他現在不玩桌遊，你應該很難說服他參賽吧？」

「我會用誠意來打動他的。」

「誠意……」

眞的是這樣的話，他剛剛幹嘛回家拿內褲？會長告訴我是蕾絲的款式，而我根本不想知道這樣的事。

我曾深受其害，知道他要拿內褲幹甚麼……

可憐的我豈不是要成爲他的共犯？

會長突然拍了我的屁股一下，指著前面的商場入口。

「噯，到了！赤壁商場。我終於明白劉備三顧草廬時的心情！」

天黑之前，我們走進了商場。

這個赤壁商場的特點就是有眾多小店，走道稍微狹窄，晚上這時間點很容易人擠人。我調整一下口罩，垂著頭、縮著腦，尾隨會長在商場裡遊走。我已做好心理準備，會長一旦真的闖禍，我就會立刻溜之大吉。對了，我應該將乘車卡放在口袋，方便極速過閘衝到月台。

搭了兩趟扶手電梯之後，會長和我找到了全商場唯一的魔術用品店。

店面比我想像中小，櫥窗豎起宣傳架廣告，再懸掛一張紫色的布簾當背幕，搭了個多層透明架來陳列盒裝的魔術道具。店內兩側是透明玻璃展架，每一排每一格都擺滿五顏六色的商品，而我目光銳利，注意到展架深處掛牌促銷的「淫賤情趣魔術系列」。

我的目光看遍了商品，才瞄向收銀台後的店員。

店員一頭長髮，劉海的一撮漂染成紫色，略略遮住白嫩無瑕的俏臉。我不敢用「驚爲天人」這麼誇張的成語，但她真的長得很漂亮，屬於我喜歡的類型，美貌比起網紅級別的電競女神毫不遜色。

會長和我呆呆站在門口，默默等待對方開口。

那位女店員正在坐著玩手機，當她仰起臉看過來，就擠出一個微笑，說了一聲「歡迎光臨」。笑容指數有五顆星的話，她的笑容勉強只有兩顆星，但她的美貌值得我再給她兩顆星的加分。

會長居然不爲美色所動，對著美女大聲講話：

「妳好。請問胡崴王在不在？我要找他。」

女店員瞪了會長一眼，不緊不慢地問：

「你是他的甚麼人？甚麼事找他？」

會長伸出雙手，做了個拱揖的動作。

「我是他的傾慕者，聽聞他稱霸萬獸卡大賽的豐功偉績，久仰他的大名，特此冒昧求見，有一件很重要的事求他相助。如果姑娘方便，在下懇請閣下幫忙通傳。」

久仰……

我們一小時前才認識胡崴王這名字吧？

會長撒謊不打草稿，但他的誠意不是騙人的。我再望向前面，女店員板著臉瞪著會長，似乎知道我們不是來光顧，就擺出了趕客的架子。

「抱歉幫不了忙。」

「嗄！爲甚麼？」

「因為他已經離職了。」

女店員皺了皺眉，聲音明顯不耐煩。

「離職了？」

女店員用力點了點頭。

會長走近收銀台，死心不息地追問：

「請問妳有沒有他的聯絡方法？我找他的是急事，很急很急的大事！」

「我怎麼可以隨便透露別人的資料呢？更何況，我跟他沒有很熟，根本就沒有他的電話號碼。」

就在會長垂頭喪氣之際，後面傳來一聲呼喝，要求會長讓路借過。店外擱著一台手推車，有個穿著灰色制服的小哥進來，雙手搬著一個大紙箱，前傾一彎腰，箱子就落在女店員的腳邊。

「嗨！一箱貨。胡崴王小姐，請妳蓋章簽收。」

女店員別過了臉，發出「呸」的一聲。

當她蓋章時，會長竟由送貨小哥的肩膀探出頭，明目張膽查看送貨單上的名字。

事實擺在眼前，原來女店員就是胡崴王，她剛剛裝蒜就是為了打發走我們，本來可以瞞天過海，沒料到因爲有人送貨來而露餡了。

說眞的，我們都萬萬沒想過，胡崴王竟然是女生的名字，她爸媽取名根本就是亂來的吧？她爸媽是與她有深仇大恨，還是說她爸媽期待她變得像個男生？

等到送貨的小哥離開，會長立即站近收銀台，連我都感受到他內心的激動，興奮得整張臉都漲紅了。

「妳是胡崴王？」

女店員繞著臂，凶巴巴地說：

「是又怎樣？」

「妳就是我要找的救世主了！」

會長激動得握住她的雙手，她毫不猶豫揮甩開來。會長說了聲對不起，擺出一副誠懇的面孔，雙眼如小狗般水汪汪。

「胡小姐，其實我找妳的眞正目的，就是爲了將這封信交給妳。」

「這是甚麼信？」

「來自黑暗的邀請函。」

那一刻我覺得好丟臉，好想逃之夭夭。

果然，胡崴王的面色難看得很，但她還是勉爲其難拆開信，看了一看，然後露出充滿殺氣的眼神，直接將信丟到會長的大餅臉上。

「你有病就吃藥啊！難道連精神病院也不歡迎你嗎?快滾！」

「請妳給我五分鐘，不，三分鐘就好，讓我介紹一下這個比賽……」

會長的口才不差，但要說服胡崴王陪他參賽，我覺得是沒指望了，比癩蛤蟆吃到天鵝肉的難度更高。

「我對桌遊一點興趣都沒有！而且我看著你的臉就討厭！請你快滾，別妨礙我打工。」

「妳爲甚麼要在這裡打工?」

「廢話！當然是賺錢啊。」

會長依然穩穩站著，氣定神閒的模樣。

「賺錢噢……如果我告訴妳這比賽有獎金，妳會考慮一下嗎?」

我愕然地看著會長。

「獎金?多少錢?」

「十萬。優勝者可以獨得十萬的獎金。如果我們組隊獲選，我可以一塊錢都不要，全部獎金統統給妳。」

是眞的嗎？

會長的眼神愈誠懇，我就愈覺得他在說謊。

這根本是詐騙啊！

胡崴王目光大亮，明顯是上當了。

「眞的有十萬（註）？」

「我可以滴血發誓。」

會長到了這地步，硬著頭皮開出空頭支票。我心裡慌得很，有種目不忍睹的罪惡感。

「你不用滴血發誓。如果你敢騙我，我保證會令你全身浴血。」

胡崴王拿出鋒利的剪刀，直插在收銀台上，嚇得會長和我怔了一怔。

會長似乎有點心虛，但他擁有反社會人格的特質，很懂得裝瘋賣傻，嘿嘿笑了兩聲之後，就跟胡崴王交換了聯絡方法。

註：此處的十萬爲港幣十萬，約等於台幣四十萬。

「從今晚開始，我們就是隊友了！世界眞是小小小，緣分眞奇妙妙妙！呀，我順便向妳介紹一下，陪我過來的這位仁兄，他除了是我的跟班，也是跟我們一同參賽的隊友。他叫周紙樂，廁紙的紙，可樂的樂。」

會長啊會長，認識你是我人生中最後悔的事，沒有之一。

「廁紙的紙？」

胡崴王大笑，眞心五顆星的笑容。

「你別聽他胡說。我叫周紙樂，是白紙的『紙』，不是廁紙的『紙』……啊，這樣說好像不對，總之我的紙是一張紙的『紙』。」

我尷尬不已。

「周紙樂……你的名字好特別。」

不知是否錯覺，胡崴王看著我的目光有點異樣。我來到這裡這麼久，她才第一次正眼盯著我，但我只敢與她對視兩秒，很快又移了開去。

♠

就這樣，會長組成了他心目中的「夢幻團隊」，可以參加兩年一度的「黑暗地下桌遊大賽」。

我問過會長關於大賽的詳情，但他也是第一次參賽，所知極爲有限，一切都是未知之數。不過，我總覺得他在隱瞞一些事。

邀請函的背面有一段字：

卑鄙是卑鄙者的通行證，高尚是高尚者的墓誌銘。

我上網查過，發現是詩人北島的詩句。

下週末就是邀請函上寫的日期，其實迫在眉睫，跟胡崴王答應加入才相隔一週左右。

我們並沒有爲比賽做過甚麼準備和練習。

我明明以爲自己不在乎，但心裡就是有股不祥的預感。

希望我只是杞人憂天吧！

一晃眼，就到了比賽的日子……

WELCOME TO

THE

BLACK-HEART

GAMES

GAME 1

酋長選舉

1

那個甚麼黑暗地下桌遊大賽，我本來以爲是乏人問津的白痴比賽。

會長卻說，大部分中學都會派代表參賽，所以競爭相當激烈。

眞的假的？

在我看來，會參加這種比賽的學生，不是對桌遊有異常的狂熱，就一定是有中二病妄想症吧？

今屆大賽在大嶼山某神祕的位置舉行，歷時兩天，如果會長沒騙我，主辦方會提供住宿和膳食。這樣就說得通了，有些貪小便宜的學生看上免費宿營的機會，自然就會報名參加這樣的比賽。

「咦……這樣的話，我們豈不是要跟胡崴王睡在同一個房間？」

「嘿嘿。一熄燈，我的隊友要幹甚麼，我都會沒看見沒聽見。」

會長在電話裡發出淫賤的笑聲。

「眞的有十萬元獎金嗎？」

「我也不曉得啊。我也是第一次參賽，主辦方一直保密，之前去過的參賽者聽說都簽署了保密協議。我覺得喲，只要大家能領略桌遊的樂趣，就算沒獎金也不打緊吧？」

誰要跟你這種噁心的男人領略桌遊的樂趣？我非常擔心，如果胡歲王發覺受騙，恐怕會長必定遭受血光之災。胡歲王看起來就是很凶的女生，少女拳腳無情，總之會長這次是死定了。

翌日，明明是週末的清晨，天還沒亮我就起床了。

我揹著大背包，來到了碼頭。

沒想到早上的交通這麼順暢，我比集合時間早了半個鐘頭到達。這時候的碼頭已經聚集不少人，他們都長得一副學生相，來這裡的目的顯然跟我一樣。

碼頭的風有點大，有微微的臭味，就像臭豆腐的氣味……

我一轉首，就發現會長鬼祟地站在我背後，而他手上拿著一包臭豆腐。他吃臭豆腐當早餐，是不是想用口臭來弄暈對手呢？我暗暗納罕，這麼一大早他怎麼買得到臭豆腐呢？

今天的會長穿著紅色運動外套，令我覺得特別礙眼。

會長後面的男生叫小鬼，他也是我學校裡的學長。雖然跟他見過好幾次，但我一直不知他的全名。每次見面，我和他通常都是蒙著臉，而且都在昏暗的環境做壞事，所以今天在陽光下瞧清楚他的臉，竟然是難得的第一次。

小鬼因個子小而得名。他掛著西瓜皮般的髮型，齊平的劉海、黑框眼鏡和格紋綠襯衫展露出文青的氣質。他眞的不太愛講話，皮膚比女生還要白，加上聲音陰陽怪氣，我覺得他是頗適合到殯儀館工作的人選。

會長去丟垃圾的時候，我向小鬼說搭話：

「嗨，你也是被會長拉來的吧？我們同病相憐啊。」

小鬼沒回答我的問題，只是點了點頭。

「你知道我們要乘船去甚麼地方嗎？」

「不知道。」

小鬼算是開口了，我硬著頭皮繼續搭話：

「我們要在外面過夜。你爸媽會擔心嗎？」

「不會。他們不會管我。我反而擔心無法和女友聯絡。離島那邊可能收不到訊號。」

女友？我吃驚之餘，心中亦有幾分羨慕。

「你明年不是要考公開試嗎？談戀愛的話，怕不怕影響成績？」

我承認，我這番話說得酸溜溜的。

小鬼只是搖了搖頭。

會長突然摟住小鬼的肩膀，興高采烈地說：「小鬼他的女朋友很正呢！模特兒級別的耶！小鬼，你給他照片看看吧。」

小鬼這麼矮也交到模特兒般的女友？我羨慕得牙癢癢的，帶著好奇心和欽佩的目光，湊頭去看小鬼平擺在掌心上的手機。

螢幕上的女生果然是美女……不過不是真人，而是動漫角色。原來小鬼最擔心是無法連線上網，今晚就見不到他在手機遊戲裡的虛擬情人。

這時候在碼頭集合的年輕人愈來愈多，我東張西望的時候，會長突然將我拉到一旁，說甚麼有很重要的事必須叮囑我。

「樂樂，你也加入我們學會一段時間咯，時機也成熟了，在參賽之前，我決定要傳授你本門祕笈。」

「本門祕笈？」

「嗯。保證對你參賽會有幫助。」

我根本不抱任何期望。

會長將單肩筒型袋甩到胸前，拉開那條長得好像巨人褲鍊的拉鍊，亂糟糟的衣物之中露出一本書的書角。書脊上的書名令我眼前一亮，一看見了，就很難再抽離視線。

書名居然是《制服誘惑》。

會長示意要我取書。

我心跳加速，滿腦子難免會有歪念，不由得緊張兮兮地環顧四周。我深呼吸一口氣，才伸手摸進會長的袋口，握住那本書之後，以迅雷不及掩耳的速度塞入自己的背包深處。

這時，我才透過背包的細縫，窺看書的封面……

書的封面是個……

「菩薩？」

我驚叫出來。

此書並不是甚麼重口味的作品，而是我一開始就誤會了。這原來是一本佛教的書，教人如何制服外在的誘惑。

會長面色凝重地挨近，勾著我的胳膊。

「我聽過不少這樣的八卦，很多曾經參加過黑暗桌遊大賽的中學生，都好像變了另一個人。」

「另一個人？」

「對啊！有人會變得極度自私，經常玩弄手段。也有人變得疑神疑鬼，對人性失去信心……這個比賽彷彿有股惡魔力量，可以『黑化』每個參賽者，令他們露出人性醜惡的一面。」

聽到這裡，我就知道會長的妄想症又發作了。爲了表示不想再聽下去，加上眞的好睏，我用力打了個大呵欠。至於會長給我的書，那本《制服誘惑》，我會找個機會丟進垃圾桶裡。

會長忽然吩咐我和小鬼伸出右手，放在中間交疊。

「在比賽的過程中，一定會有很多艱難的人性考驗，但無論如何，我們都要徹底相信彼此，絕對不會出賣對方！我們立此爲誓，我們的友誼比萬里長城更長久，比宇宙戰艦的甲板更深厚！」

會長慷慨陳詞的時候，我和小鬼面面相覷。我知道小鬼是會長的同班同學，彼此有點交情……但我一直以來都是被強迫參加活動啊！

這時候已經是七點十五分，胡崴王還沒有出現，會長焦急得直跺腳。

我算一算人頭，碼頭聚集了大約八十多人，當中的女生寥寥可數……一、二、三，就這麼多。果然不出我所料，桌遊的世界就是臭男人的世界。一想到要在室內和這些男人朝夕相對，我的心情就變得很糟糕。

突然，所有人轉臉望向同一個方向。

遠遠駛來了一艘白色雙層渡輪，騰騰高速推起激濺的波濤。

一眨眼，渡輪泊岸了，就像磁鐵船黏住碼頭。架好短橋似的舷梯之後，四個光頭男人列隊下船，他們都戴著全黑的太陽眼鏡，整齊劃一的白襯衫和黑色長褲，陣勢就像專業的保鑣部隊。

「請大家拿出邀請函，分成兩行排隊上船！」

其中一位光頭男人手持大聲公講話。

前面的人隨即湊成兩條隊伍，魚貫登船。

「周紙樂。」

背後有人喊出我的名字，我還沒轉身，單是聽聲音，就知道是姍姍來遲的胡崴王。我撥了撥頭髮才轉身，沒想到胡崴王站得很近，幾乎就要像碰碰車般與她對撞。

「妳來了啦……咦，妳的紫色頭髮不見了？」

我說的是甚麼爛開場白？我不敢直視她的臉，第一眼只敢盯著她的頭髮。

「那只是噴上去的。今天趕著出門，我來不及弄頭髮……這到底是甚麼比賽？七點就要集合，我上學起床也沒這麼早！睏得要命！」

胡崴王氣沖沖地抱怨，我呆呆不知如何回應，只是開始打量她的衣著。明明只是白色的T恤和牛仔褲，在她身上卻有股與眾不同的潮流感，由此可見擁有美貌比懂得打扮更加重要。

「妳終於來了！妳知道我等得妳好苦嗎？呼啦啦、呼啦啦——」

會長一邊嗷嗷怪叫，一邊圍著她亂蹦亂跳。

胡崴王懶得理睬，只露出厭惡的表情……我眞好奇我們這樣的團隊有可能取勝嗎？

渡輪那邊發出最後召集，我們這夥人匆匆上船。

當我一進船艙坐下，就有個穿著素色麻衣的大姊姊過來，要求我要蒙上眼睛，還說這是比賽規定的乘船守則。我一覽略微昏暗的船艙，前面進來的參賽者全都戴著蒙眼布，場景甚爲奇特，簡直就像邪教儀式。

我們這夥人差不多是最晚上船，當我蒙眼坐下不久，就感覺到啓航時引擎的震動。

黑布隔絕視線，我看不見四周，只聽見艙內的廣播：

「歡迎大家登船，參加今屆黑暗地下桌遊大賽！你們都是被時代選中的年輕人，有資格主宰未來社會，成爲支配世界的王者！首先請大家好好感受黑暗，讓你們黑暗的力量覺醒！嘿嘿嘿嘿！」

這個聲音好怪，不像眞正的人聲。

整件事眞的好詭異。

這個主辦方究竟是甚麼機構？

我的感覺就像上了賊船。

而這艘船正開往我從不知道的世界。

突然，我的左肩一沉，有件沉重的東西壓在上面……

2

我的胳膊沉了一沉，但我不敢亂動。

壓在我肩上的東西也不動了。

我在蒙著眼的狀況下，微微向左挪動下巴，感覺到毛髮的觸感，這些毛髮也撩得我鼻子癢癢的。

噢，是一顆人頭——

很快我就想起，蒙眼前胡崴王坐在我左邊的位子，她呵欠連連一副睏相，肯定是一開船就睡著了。當我用力吸氣，聞到了一陣薰衣草般的髮香，就此證實了我的想法。

驚慄邪門的怪事沒有出現，反而來了這種甜蜜旖旎的時光……如果命運是個編劇，我希望能多添這種劇情，最好寫成一篇兩日兩夜的愛情故事……我做人第一次這麼緊張啊！

心動時刻沒維持多久，枕在我肩上的甜蜜負擔就消失了，想必是胡崴王別過了頭，歪到了另一邊。

我仍看不見東西，亦慶幸其他人都蒙著眼，否則大家就會注意到我耳朵發燙的樣子。

這趟航程沒有很久，我猜大約只過了三十分鐘，開始感覺不到向前快移的慣性動力，船速就像減速的陀螺一樣漸漸變慢。

當一切緩緩凝止，艙內播出廣播：

「到了。歡迎來到傳說中與世隔絕的黑暗大陸。現在請大家脫下眼罩，遵守秩序下船。」

又是怪裡怪氣的模擬人聲。

當我一扯下蒙眼布，就看見睡姿歪七扭八的胡嵗王，她依然不知道快要下船。

我用背包推了她的手肘好幾次，她才悠悠醒轉，一醒來就喝罵：「找死嗎？發生甚麼事？這是甚麼地方？」接著她胡亂揮出一拳，揍飛在她座位前晃來晃去的會長。至於會長幹嘛出現在那裡，照他悄悄話的解釋就是「覺得蒙著眼的女生很性感」。

一番折騰之後，我們這組人下船了。

碼頭外是一片郊野的美景，綠油油的山麓和無垠的天空。我聽見其他人的談話，他們都說從不曉得大嶼山有這樣的祕境。

沿著柳樹成蔭的坡道上山，整條馬路都沒車，有些參賽者索性走到比人行道更寬闊的馬路上。

我們處於隊列的最後方，會長和小鬼走在前面，我則殿後陪伴睡意未散的胡嵗王。

「喂，周紙樂，我問你哪，你以前唸哪一家幼兒園？」

「我？春田菊花幼兒園……幹嘛這麼問？」

我還未想清楚，就回答了胡崴王的問題。

難道說……

「果然！我和你以前是同學耶！你這個名字很奇怪，我覺得有點耳熟，回去問老媽子，她就說我以前有個幼兒園同學叫周紙樂。」

「伯母居然記得我？」

「因爲有一次我們在幼兒園打架嘛！我不知道爲甚麼不爽你，丟掉你的杯蓋，你就撿起杯蓋來敲我……結果老師告訴我倆的爸媽，我們一起見家長。」

聽到這裡，我打了個冷顫。

「我……我不記得了。妳不會懷恨到現在吧？」

「哈哈，傻瓜。我才沒這麼小器。雖然吵過架，但我跟你滿要好的，這是我老媽子說的。」

「哦……我好像有點印象。以前有個叫『崴崴』的女同學，想不到……」

我忽然住嘴，吞回要說的話——想不到女大十八變，當年的女同學現在變這麼漂亮。

「好啊！你可以叫我崴崴，我也會叫你樂樂。」

她說甚麼？她說甚麼？她說甚麼？

「崴崴？」

「對啊，你以前不是這麼叫我嗎？」

彷彿有雙無形之手將我和她拉近了，儘管我知道她只當我是朋友，我心裡還是超級高興的。

我心花怒發，開始期待接下來兩天的宿營活動……天呀，難道我該感謝會長嗎？不是他拉我來參賽的話，我也不會和崴崴重逢……

路途並不遙遠，就在我胡思亂想妄想幻想痴想之際，我們來到了目的地，路的盡頭出現了長長的閘口。

「哇！看來是很大的營地呢！」

會長驚歎。

閘口後方有一面巨幅的立架廣告，魔幻風的設計，黑色底圖的正中間，有八個呈現火焰特效的大字：

這幅圖的製作很認眞，令我對這個比賽大爲改觀。

本來以爲只是一群孤寂的中學男生馬馬虎虎搞出來的比賽，沒想到請得起專業的工作人員，既有專船接載，又提供風景優美的營地，這一切都大大超出我的預料。

因爲我遭受過會長的毒手，一直對「黑暗」兩個字有偏見。

甚麼是黑暗遊戲？

會長很喜歡一套叫《遊戲王》的漫畫，他深信遊戲要有懲罰才會刺激，譬如他試過將圖釘圍在馬桶的坐板上，逼迫我們玩懲罰遊戲……這就是他自創的黑暗遊戲。

營地眞的比我想像中大。

我這種窮人只在電視上看過高爾夫球場，而這裡的環境就像我心目中的高爾夫球場。

在風和日麗的早上，當我踏上廣闊的草坪，眺望四周的樹林和海景，始知世上有此怡人的祕境，這種感覺就像走進了有錢人獨享的世界。

只不過，竟然沒有人知道這裡是甚麼營地，而大家的手機都無法接收任何訊號。

眼前是一幢幢聯排的灰牆屋宇，我們繼續前進，來到穿廊似的地方。

這裡就像大眾泳池的更衣室，四面八方都擺滿了屏風似的儲物櫃，乍看有十幾排，數量極爲龐大，誰看見都一定會瞠目結舌。

素色麻衣的大姊姊拿起大聲公，對著眾人宣布：

「各位參賽者請注意，根據比賽指引，不准攜帶任何物品進入會場。現在有請大家合作，將私人物品鎖在儲物櫃裡。如果你的背包太大，歡迎你找我們在場的工作人員協助寄存。」

儲物櫃的旁側都有貼上指引，禁帶物品包括手機和紙筆，除了手錶、耳環等隨身的衣物，基本上參賽者都只能兩手空空進場。

「連手機也不能帶？真奇怪喔。」

崴崴一臉不爽地塞入運動型小背包，砰的一聲關上儲存格的小門，抽出了帶繩圈的鑰匙之後，便跟著我一起前往下一區。

會長和小鬼都在入口前等待，會長模樣興奮，小鬼則面無表情。

「剛剛你們有聽見嗎？儲物櫃的鑰匙號碼，就是你們的選手編號。」

我懵然不知，崴崴卻點了點頭。

「829……」

我默唸出鑰匙上的編號，同時又瞥向旁邊，崴崴的編號是「701」。

往上走，上一層，人聲鼎沸。

我一進入會場，立刻驚呆了。

這個會場就像學校禮堂一樣大，到處站滿了密密麻麻的參賽者，粗略估算，有一千人也不足為奇。

我沒想過是這麼盛大的活動。

原來我們搭乘的渡輪，只是其中一艘開來這裡的船隻，此外還有專船接載全港各區的參賽者。

我們應該是最晚到的一批人，當我們進場不久，會場四角的四面大門隨即悄悄關上。

會場其中一側的牆是銀灰色的，牆下搭建了一個黑色的小平台。平台上擱著麥克風架，由於麥克風是耀目的金色，所以真的很難令人忽視。

眾目睽睽之下，有個戴著太陽眼鏡的男人上台。與其他光頭男人不一樣，只有他是有頭髮的，軍人般的平頭，穿著白襯衫和西裝外套。

我不懂西裝，但他那套西裝就是看起來尊貴非凡，穿著比那些在中環上班的金融才俊更加光鮮。

「各位來自各區的中學生，很高興看見你們參加今屆的大賽，歷時兩天的賽程將會異常緊湊，而且殘酷得超乎常人想像，只有心理素質最強的中學生可以留到最後。」

西裝主持人對著麥克風講話，聲音傳遍每個角落。

「我是主辦商派來的代表，大家不需要知道我的名字。我們舉辦這場大賽，就是期望在本地中學生之中，發掘可以主宰未來社會的人才。大家知道日本的柏青哥嗎？這是日本最大的灰色產業，據說收益是美國賭城的三十倍，對日本的GDP貢獻極大，安倍能發跡當上首相也和這事業的金主有莫大關係。這個活生生的例子，就是透過地下經濟建立起來的龐大事業！娛樂事業最容易收買人心，所以我們需要懂得『玩遊戲』的人才。」

主持人言之鑿鑿，有股折服人心的說服力。

雖然我很少看財經新聞，但也聽說過娛樂事業利潤極高，本地股市的股王最賺錢的業務就是電子遊戲。

「桌遊，譯自英文『BOARD GAME』，狹義來說是在桌上玩的遊戲。廣義來說，只要是涉及智力交鋒的博奕，我們都可以稱之為『桌遊』，並不只侷限於在桌上遊玩。」

主持人振臂一揮，他身後的灰牆就亮了起來，無數藍色的光點燦爛得就像夜裡發光的瀑布。

「別小看桌遊啊！昔日第二次世界大戰，德國就是靠兵棋來培訓軍官，讓他們透過紙上的模擬戰爭來學習軍事理論，結果德軍眞的差點可以佔領整個歐洲。時至今日，德國依然用桌遊來栽培他們的下一代……好啦，我的開場白到此結束，接下來就是大家最期待的內容，也就是關於比賽的事情。」

這時候我看出來了，主持人背後的灰牆不是一般的灰牆，那種微亮的銀灰色似乎是特殊的油漆，可以呈現清晰的投射影像。

會場的投影機也比我學校的機器厲害多了，即使在這麼光亮的環境，投射到灰牆上的影像也超級清晰，絲毫不輸高清４Ｋ的電視螢幕。

這種驚訝只是低層次的，當我看見換幕後顯示的金額，這才眞正嚇得說不出半句話。

那是一個我須要思考的數目——

「１」後面有六個零。

「這場大賽將會誕生三名優勝者，都可以獲得一百萬元的獎金。」

一百萬!?

就算我懷疑自己聽錯，牆上顯示的金額也不會有錯。

台下立刻有參加者高聲提問：

「一百萬是港幣嗎？」

主持人嘴角一揚，帶著笑意回答：

「當然是港幣啊！難道會是越南盾嗎？嘿嘿，我們在上一屆大賽也送出相同金額的獎金，你問問在場的參加者，當中應該有人知情。總之我們一諾千金，童叟無欺，絕無花假。」

天呀！太誇張了……

我瞟了崴崴一眼，她正在握緊拳頭，眼中閃爍出灼灼的光芒。會長的嘴巴張得好大，驚愕的表情不像造作，可見他事前也毫不知情。眞是好狗運，他這傢伙瞎掰的獎金不僅弄假成眞，還漲升了十倍之多！

「嘿嘿，相信大家已經很興奮了吧？除此之外，今年的獎賞還會加碼，優勝者將會得到『知名人士』發出的推薦信。這封推薦信可厲害了，將來可以保送你升上本地任何一間大學。」

眞的假的？這種事近乎天方夜譚。

這究竟是甚麼比賽？

主辦商又是甚麼背景？

在場所有人應該都跟我一樣，難以置信地盯著台上的主持人。

「我們第一局要玩的遊戲極度簡單，遊戲道具只有一張小紙，勝負全看大家怎麼使用這張小紙啦。」

會場的燈光倏地變暗了。

類似電子遊戲競賽的特效震撼會場，會場四側的無線音響同步發聲，播出低沉宏亮的模擬人聲：

「GAME ONE——酋長選舉！」

3

現在我所經歷的一切，就跟置身在「真人秀」的節目一樣。

一百萬獎金是個甚麼樣的概念？

如果我有個富爸爸，一百萬可能算不上甚麼。

但我爸爸只是開計程車的窮爸爸。

一百萬在我這種窮人家中學生的眼中，簡直是不得了的鉅款。即使我整個中學生涯都在打工，就算出賣了靈魂和肉體，也必定賺不了這麼一大筆錢。

崴崴和會長鬥志高昂，著了魔似地凝望著閃爍的灰牆。

「哈哈，酋長選舉是一場多人生存遊戲。」

主持人一邊說話，一邊倒退著離開小平台。

「我們精心製作了影片，來交代這個遊戲的背景。現在，播放影片！」

言畢，灰牆就開始播出一幀幀手繪動畫。

動畫的開端是一片峽谷，有一夥騎馬的印第安人——

從前的印加地區有眾多部落，
部落與部落之間常常有爭執，
甚至因爲互相殘殺而種下仇恨，
無奈這些爲數眾多的部落未開化，
世世代代只會用暴力來解決紛爭。

某一天，有一顆隕石從天而降，
在紅河谷的谷底轟出一個大洞。
附近的部落紛紛派人到場查探，
竟然看見隕石上有個光頭的男人，
他盤膝而坐並擺出雙手合十的姿勢，
這男人自稱是「天外飛仙的得道高僧」！
那顆圓形的「隕石」原來不是隕石，
而是一台來自未來的時光機。

男人說他是來拯救大家的未來人，他逐一拜訪各部落，發表驚人的演說。

「不久的將來，大海另一邊會有外族入侵，他們帶著火炮，都是金髮碧眼的惡魔。如果你們不團結，一定敵不過他們，結果就是滅族，世世代代爲娼爲奴！」

部落裡的人都害怕得發抖了。

「我們要怎麼做，才逃得過這樣的災難？」

面對族長的問題，未來人堅定地回答：

「你們要聯合其他部落，結盟對抗外敵！」

族長搖頭嘆息，顯然感到無能爲力。

「這是不可能的。我們誰也不服誰。要合謀要結盟，誰來當頭目兒呢？」

未來人當頭棒喝：

「有可能的！你們聽過甚麼叫民主嗎？」

無人作聲。

「民主就是一人一票選出頭目，

和平理性非暴力非送禮吃飯。

發明民主思想的人是雅典人，

他們提倡的民主就是聚集一班菁英代表，

由代表推舉候選人，再由代表進行投票，

從候選人當中選出偉大的領袖！」

這樣的消息一傳十，十傳百……

很快就傳遍了整個印加地區。

各部落認同票選全體領袖的做法，

於是各自派出傑出的菁英代表，
例如公認最強的獵人魯拉，
捕魚紀錄保持者波羅羅，
擁有三妻四妾五十子女的多精……
菁英代表都有投票權，亦可以出來當候選人。
一場選出終極酋長的選舉就此展開！

終幕的畫面全黑，正中間浮現一行白字：

GAME 1：酋長選舉

我啞口無言。

震撼我的不是影片的情節，而是配合影片製作的動畫素質——簡直是專業動畫公司的水平，不是鬧著玩的！

要做出這個長度的動畫，眞是不知燒了多少錢。一百萬的獎金，乘以三位優勝者，總共就是三百萬……主辦商的財力眞是雄厚呢！這個比賽的誇張程度遠遠超出我的想像。

現場忽然播出節奏明快的音樂，有個頭戴狼頭的人上台，這樣的造型有夠滑稽的，在場卻沒有人笑得出來。也許，眾人的心思都徹底投入到遊戲裡頭，那一百萬元的獎金實在是太過巨大的誘惑，足以沖昏所有人的頭腦。

「大家好！我是狼人先生。正如我之前告訴大家的事，桌遊並不侷限於桌上玩的遊戲，從某方面來看，選舉也可以算是『桌遊』，都是政治家彼此之間的博奕。大家即將在這裡玩一場『模擬選舉』，我是狼人先生，很榮幸擔當這一局的主持人，就由我來講解這個GAME的規則。」

狼人先生的聲音和之前的主持人一模一樣。

看來是爲了節目效果，他才裝神弄鬼，戴上一頂狼頭來增加神祕感。

「第一關是對參賽者最基本的考驗，預計會淘汰掉一半左右的參賽者——嘿嘿，這個只是我們推想之中最理想的情況。更壞的情況是淘汰一半以上的參賽者咧！」

此話一出，場內一陣騷動，我也忍不住發出了一聲驚嘆。這麼辛苦在週末一大早起床，又長途跋涉乘船進來，難道玩一局輸掉就要飲恨回家？這樣的待遇未免太殘忍了吧？

狼人先生舉起右手，手上有張黃色的薄紙，看來是半張撲克牌的大小。

「這張就是選票，也是這個遊戲人人都有的道具。遊戲規則非常簡單，大家在投票環節將選票投給候選人，只要你投票的候選人以最高票當選，你就能跟著一同出線。」

狼人先生發出一聲冷笑，語調有幾分戲謔。

「在遊戲初段，只要你們當中有人想參選，都可以向在場的工作人員登記，申請當候選人。所有候選人都可以上台，發表『政綱』，簡單來說就是要拉攏台下的參賽者，說服他們投票給你。這一點就跟眞正的選舉一樣。」

投影牆出現選舉遊戲的流程圖（見下頁）：

候選人入閘初選

- 登記成為候選人（10分鐘）
- 候選人上台發表政綱（每人2分鐘）
- 場內遊說拉票（30分鐘）
- **第一次民意調查篩選投票**
  ・隨機抽選100人表態意向

→ **篩選到只剩五名候選人**

（遊戲最少要有兩名候選人才能玩下去）

候選人二輪初選

- 場內遊說拉票（30分鐘）
- **第二次民意調查篩選投票**
  ・隨機抽選100人表態意向

→ **篩選到只剩三名候選人**

酋長選舉投票日

- 候選人同台辯論（10分鐘）
- **投票前終極民意調查**
  ・隨機抽選100人受訪
- VOTE **全體投票**

↓

酋長當選！

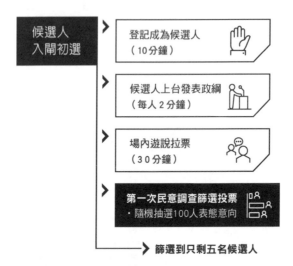

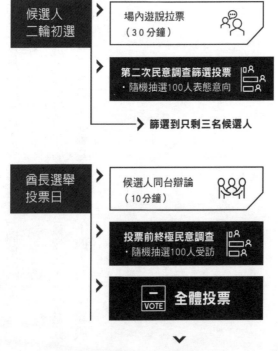

狼人先生說的沒錯，這就是一場模擬選舉，只不過時間濃縮在三個小時之內完成。

「嗯，相信大家都有這樣的疑問——在場有1199位參賽者，如果大家都將選票投給同一個候選人，這樣豈不是全部可以過關出線？嘿嘿，世上豈會有如此便宜的事。總之，這個遊戲最終的出線名額，我們規定不會超過六百人。六百這個數目，就是你們全體參賽者的半數加一。」

狼人先生說到了重點。

咦？如果投給勝方的票數超過六百票呢？

這情況要怎麼處理呢？

我腦裡霎時冒出這樣的疑問。

狼人先生隨即解惑：

「嘿嘿，所謂政治，本質就是利益集團分配得益，即是俗稱的『分豬肉』。只要候選人成功當選酋長，他就有權力選出自己的班底。他可以在投票給自己的支持者當中，選出其中20%一同出線。這樣的選擇權就是候選人最大的談判籌碼，我們姑且稱之爲『酋長的20%選擇權』。」

投影牆上出現了新的投影片（見下頁）：

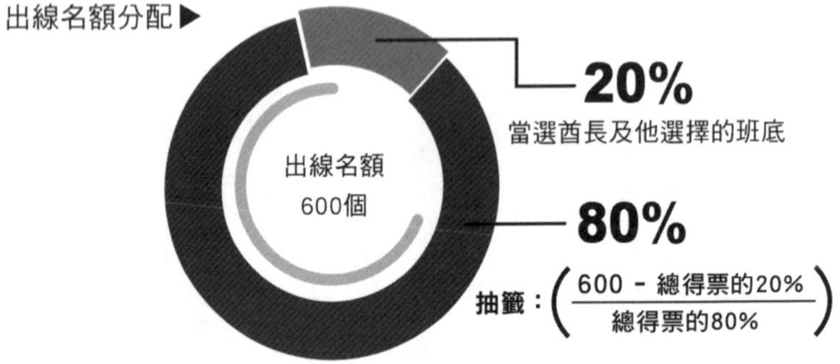

「這裡有一條數學公式，看似很複雜，但其實可以簡化成一句話：總之扣除了候選人和他的班底之後，餘下的投票者都要憑抽籤來決定出線資格。」

狼人先生這麼說，我反而容易理解。

依我看，這遊戲的目標除了要站對邊投票，也要成功巴結候選人，只要候選人讓你加入班底，就能確保自己的出線資格。

「有一個最理想的情況，可以讓所有投票給自己的人全部出線，這情況就是剛好以六百票當選，不能多也不能少吶。」

狼人先生這番話如同童話裡的描述，我聽到後面傳出了嗤笑聲，人人都覺得這種事根本不可能發生。

說起來，狼人先生的廣東話字正腔圓，但他的腔調就是給我奇怪的感覺……不過在座所有人都被獎金迷得神魂顛倒，應該無人會在意這種小事吧？我初時得悉獎賞如此驚人，心中曾充滿憧憬，但再想一想，就打定了退堂鼓。

這裡全港菁英學霸雲集，怎樣也輪不到我勝出吧？

狼人先生繼續解說，我也只好專心傾聽，打算聽完他的說明才慢慢消化。

「這個選舉遊戲不准舞弊，也不准搶走別人手上的選票，大家都是文明的斯文人啊！就跟現實的選舉一樣，要親自投票才算有效喔！候選人要拉票，就要靠個人魅力和口才。選民也要靠眼光認清楚候選人，才不會被淘汰啊！說到這裡也差不多了，請問大家有沒有問題？」

現在就是開放提問的時間，我瞧見前面的人叢裡有人卯足勁搶先舉手。在場戴著太陽眼鏡的光頭男人，竟然以敏捷的身手在人群中穿梭，只短短不到十秒，就向舉手的人遞出麥克風。

「請問主持……狼人先生，如果候選人在首輪篩選落敗，又或者在第二輪篩選落敗了，這樣候選人還會有投票權嗎？」

「答案是YES！爲了鼓勵大家當候選人，候選人不會因爲過不了篩選而被淘汰。不過，到了最後的正式投票，候選人一旦敗選，就絕對會被淘汰啦。」

接著，又有另一位參賽者發問：

「當候選人有甚麼特權嗎？」

「候選人最大的特權就是可以上台發言。除了候選人，其他人都不可以佔用麥克風，也不可以上台演說。哈哈，政治家都一定要很有口才，才能煽惑人心啊！」

煽惑人心……很悲哀，但這的確是現實，而這個遊戲的確反映了現實。

「民意調查是甚麼？」

「我們的工作人員會在場內隨機訪問參賽者，用M-PAD記錄他們的投票意向。M-PAD就是我們贊助商提供的平板電腦，在此不得不幫忙賣個廣告，M-PAD眞的又輕又薄又好用啊！」

接下來又有幾位參賽者發問，不過那些問題對我來說都無關痛癢。

會場內沒有任何時鐘，如果沒有這麼多人的話，這片空間其實頗爲空曠，有點像空靈寬敞的藝術館。

再也沒有參賽者舉手發問。

「事不宜遲，現在我宣布比賽正式開始！」

投影灰牆出現沙漏圖案和倒數的時間。

十分鐘的「候選人登記時段」。

既然要玩，我也要開始思索……

這遊戲該採取甚麼策略，才能提高勝率呢？

4

會長、小鬼、崴崴和我圍成小圈子，開始小組討論。

「想不到，第一關就要淘汰一半人啊！」

我這麼說的時候，會長立刻噘嘴弄出「嘖、嘖」的聲音，否定我的說法。

「可能不只一半呢。按照遊戲規則，到了最後的投票階段，將會剩下三個候選人。如果三強鼎立，得票在四百票至六百票之間就能當選。所以主持人一開始就說，有可能淘汰一半以上的參賽者。」

對哩，會長說的沒錯。

會來參賽的中學生，都會以過關出線爲目標，所以大家都一定在絞盡腦汁，不停思索最好的應對策略。

現在我們四個人一同商量，就是希望達成共識……三個臭皮匠，勝過一個諸葛亮，我相信團結就是力量！

「樂樂，你覺得這一場遊戲的關鍵在哪裡？」

會長第一個要問的對象是我。

「我認爲是『會長的20%選擇權』。」

我瞟了崴崴一眼，她好像沒留心我們的討論，只是專注在觀察其他參賽者的動靜。

會長聽完我的意見，興奮地指著我的臉。

「英雄所見略同！哈哈，不枉我平時對你的栽培。反正過不了篩選還可以投票，我想去當一當候選人，搗亂一下戰局，說不定會有意外的收穫。」

崴崴一直繞著臂，一直保持緘默。

會長轉臉看著崴崴，徵求她的意見：「胡軍師，今天就由妳擔大旗。妳認爲我應該去當候選人嗎？」

崴崴收起了臭臉，嘴角浮現一絲微笑。

「OKAY喔。」

沒想到她會支持會長的決定，看來她心中已有一番計算。會長聽到這番話後，信心陡增，鼻孔噴噴臭氣（眞的跟屁一樣臭），就走向牆角那邊的工作人員，登記要當候選人。

鈴——

十分鐘這麼快就過去了，會長沒有回來我們這邊，直接走到台側的等候區。工作人員在那邊排好兩行椅子，會長搖晃著大大的屁股，就在其中一張椅子上坐下。

遠遠可見，總共有十位參賽者決定參選，清一色都是男丁。

我湊近崴崴耳邊，說悄悄話。

「想不到妳會支持會長參選呢。妳覺得他有勝算嗎？我的意思是說，他可否勝出整場選舉……」

出乎我的意料，崴崴冷笑了一聲。

「哼，他要去送死，我沒理由阻止吧？我老早就看他不順眼了。」

聽到崴崴這麼說，我微微吃了一驚。

「妳不是要幫他的嗎？」

「幫他？幹嘛要幫他？就算他是候選人，我們也不一定要投票給他吧？我們自己過關就好了嚕。」

崴崴未待我反應過來，又說：

「你們的老大鼻毛那麼長，都沒有人提醒他嗎？」

我不由得聳了聳肩。

「當然有人提醒過他，但會長有他的堅持……他這個人很迷信，覺得鼻毛是智慧的象徵，會增強他的運氣。」

「嗄？認眞的？」

我想起會長講過的一番歪理，便向崴崴轉述：

「嗯。會長說石器時代的女人挑男人，都會挑毛髮長的。因爲營養好，毛髮才會長，間接證明了這男人擅於打獵，有很強的生存能力。」

這番話由我口中說出來，我也感到不好意思。

崴崴呆了一呆，才罵出一句：

「叫他去死吧！」

一陣輕快的音樂，令眾人意識到遊戲進入了下一個階段。

投影牆的字樣也變了：

兩分鐘政綱演講

「嘿嘿，在場的參賽者之中，有十位仁兄表達了參選的意願。這裡有一條規則，就是候選人每次上台，都可以發表兩分鐘的演講。」

狼人先生又出來主持大局。

「這個環節就是考驗候選人的口才，十位候選人逐一講完之後，就要在場內拉票。遊說時間只有三十分鐘，三十分鐘之後，我們就會抽樣叫出一百位參賽者，根據民意調查結果排名，篩選到只剩五位候選人。」

這一場選舉遊戲的玩法眞的很簡單，簡單到我想不出有甚麼取巧的玩法。可能主辦商的目的，就是從中發掘眞正有口才的人物吧！

台下坐著的候選人整裝待發，他們的胸口都掛著各自的號碼牌。

第一個上台的候選人滿臉堆笑，他的特徵是大耳朵和小眼睛，這樣的「賣相」不算特別吸引人。他一站近麥克風，就用特別的朗誦技巧來介紹自己，原來眞的是朗誦隊的成員，人生最大的成就是「三小時內吟詩三百首」。

二號候選人戴著鴨舌帽，講話油腔滑調，甚有危險基金推銷員的風格。他不停強調自己是天秤座，爲人最講公平公正，更當眾許下承諾：「首五十名向我表態支持的朋友，我都會保證給你們出線名額唷～」

雖然他成功博得一些笑聲，但我不覺得別人會因此投票給他。

這個「酋長選舉」有別於眞正的選舉，因爲候選人都不可能提出甚麼有意義的政綱。這一票人上台都只是泛泛而談，說出一堆令人望梅止渴的廢話。我想通了這一點，就明白得票關鍵可能在於候選人的FACE，相貌堂堂兼具魅力的學界領袖將會有極大的優勢。

兩分鐘眞的很短暫，時間轉瞬即逝，要好好介紹自己也不容易，要發表扣人心弦的演講更是難上加難。

在我發呆的時候，輪到了第七位候選人上台。

這位候選人英氣煥發，雪白襯衫紳士巾，配得上「一表人才」這個成語，因此我早就對他行了注目禮。

「大家好，我是梁尊龍，來自王子書院，也是今屆獅心人面聯校學生會的副主席。我率領的學校辯論隊，曾在學界創造出三連霸的神話，因此我對自己的口才和領導能力相當有自信。儘管我做甚麼都很優秀，我還是時常在掌心寫上一個英文字——HUMBLE，提醒自己做人要謙虛……」

哇，這位候選人不得了。

王子書院是全港的超級名校之一，而他更是名校生中的領袖生。

今天我總算見識到名校生的風采，他的發言咬字清晰，引經據典擲地有聲，這種表現應付口試〔註〕一定無敵……天呀，連我也忍不住爲他鼓掌了。如果掌聲多寡是一項指標的話，名校生已經一鳴驚人，成爲最高贏面的候選人。

會長是八號候選人，緊接著名校生上台。

這一刻，我覺得會長好可憐，他那副不修邊幅的外表，簡直就跟流浪漢一模一樣。當他與一百八十公分高的名校生擦身而過，更顯得他是個矮了一截的弱者，立刻就像一坨爛泥般被比下去。

「呃哼，大家好，我是八號候選人。我現在給大家變一個魔術！」

會長自知比不上名校生，便採取出奇制勝的手段。

眾所矚目之下，會長脫掉紅色外套，露出底下的白背心。乍看下，他的腋下夾著一對海膽，細看下，原來是他濃密的腋毛。

「好了，請大家注意看，這是我的拇指。」

每個人都注意會長高高舉起的拇指。

「哎呀、哎呀……OH MY GOD……我的拇指要斷了，真的要斷了……」

會長呻吟之際，揮舞紅外套掩了一掩，結果那隻拇指真的往反方向扳下來了，不自然彎曲的肢體極爲詭異。

如同旱地一聲悶屁，全場的參賽者都愣住了。

唔……會長天生筋骨奇特，這一點我是挺欣賞他的，但他這樣做只會出醜，揭露自己是怪胎的眞相啊！

「請大家給予掌聲鼓勵，我就是拇指可以外彎的八號候選人，外號是魔術羅賓漢！」

全場沒有任何掌聲，死寂的程度如同格陵蘭的墳場。

會長向我們這邊使了個眼色，但我裝作瞧不見，故意跪下來繫鞋帶。再瞟向台上，只見會長黯然落魄地下台，而我居然沒有一絲內疚感。

之後還是要面對這個怪人吧？崴崴、小鬼和我都感到很丟臉，很想躲到會長找不到我們的地方，無奈密封的會場沒有可以藏身的角落。

崴崴滿臉不屑地說：

「這個遊戲，當候選人根本沒有實際好處。唯一的好處只是滿足自己的權力慾吧？」

出乎我的意料，小鬼居然接話：

「權力就是人類最大的慾望。總會有人爲了權力爭個你死我活。這就是人類啊！」

噢。這番話一針見血。

註：香港的升學考試，中文科和英文科都有口試，要求考生即席按題目演講。

我盯著這位學長，覺得他有點深不可測，要嘛不說話，要嘛就語出驚人。

崴崴說的沒錯，參賽者一旦當了候選人，就會喪失投票給別人的自由選擇權。如果是爲了過關出線的話，實在沒有拋頭露臉參選的理由。

就這樣，候選人初露頭角的環節結束了。

投影在牆上的倒數計時器，由兩分鐘增至三十分鐘，而標題亦變成了「三十分鐘場內拉票」。

十位候選人各自四散，會長急步回來我們這邊。

未待會長開口，我已經搶著說話：

「好了，現在要去拉票。會長，你有何策略？」

會長胸有成竹，一字一頓地說：

「層、壓、式、推、銷！」

5

我一臉惘然地盯著會長。

「發甚麼呆？你不知道甚麼是層壓式推銷嗎？」

「層『鴨』式推銷是甚麼？我眞的不知道喔。」

會長發出「嘖、嘖」兩聲，一副自作聰明的模樣。

「層壓式推銷，就是種快速增加組織成員的模式。簡單來說，就是一傳二、二傳四、四傳八……只要一個人拉兩個客入會，組織人數就會急速上升，如同蟑螂繁殖般狂增。」

「聽起來好厲害。」

但我還是不懂，這種銷售方式和鴨子有甚麼關係……

「沒錯！短短三十分鐘，單憑我們四個人，能說服的對象有限。但如果我們用這個方式拉票，拜託願意投票給我的人再說服其他人，我們很快就可以形成一股勢力！」

會長說得頭頭是道，我也覺得可行，小鬼亦無異議。沒想到崴崴很瞧不起這個作戰方案，直接罵了會長一聲「白痴」。

「妳有何高見？」

會長顯得深深不忿。

崴崴直瞪著他，一臉鄙夷地說：

「你會說出這個做法，就是看不清這遊戲的本質。」

我和會長幾乎異口同聲地問：

「遊戲的本質是甚麼？」

「就算別人嘴裡說支持你，他也不一定投票給你。你怎麼肯定別人會投票給你呢？別忘了，直到投票前的一刻，大家都有權改變心意。」

「所以我該怎麼做？」

我知道，會長眞心把崴崴當參謀，但崴崴根本不這麼想。反正這大賽沒規定一定要組隊參賽，就算是單打獨鬥也可以闖關。在崴崴眼中，會長應該是可有可無的豬隊友吧？

既然會長問到，崴崴還是提出建議：

「你應該先去一趟洗手間。」

會長搖頭晃腦，懵懵然的樣子。

「洗手間？爲甚麼？」

「去照鏡子呀！你這副賣相，只有白痴和瞎子才會投票給你！」

崴崴不留情面地羞辱會長，說出了很多人（包括我在內）的心聲，我在心裡也不禁爲她喝采。

會長悶哼了一聲之後，就扯著小鬼開始行動——本來會長也吩咐我幫忙，但我又佯裝跪下來繫鞋帶，他等得不耐煩就先走一步了。

比起在台上發言，這三十分鐘的重要性更高，候選人眞正可以接觸場內的參賽者，對他們展開遊說或者談判。

反正會長只是鬧著玩才當候選人，在第一輪篩選輸掉也不是壞事，實際上並不會有任何損失。十個候選人按民意調查的結果排位，篩到剩五個，會長那種廢人只會敬陪末座。

到處都是萬頭攢動和竊竊私語之聲。

在場一千多名參賽者之中，只有極少數的女生，除了崴崴之外，她們都缺乏可觀性。

這時候，我也發現了，原來我和崴崴站在一起，旁人會投來羨慕和恚怒的目光。

這樣的事頭一遭在我的人生中發生，面對四周一雙雙野獸般的眼睛，我終於明白了何謂「高處不勝寒」。

「腿好痠喔！」

崴崴看到牆邊擺著一排黑色摺椅，便說要過去休息。這一局太多參賽者了，我們這些小角色根本無法左右大局，眼見一票票人到處攀關係，我卻寧可懶洋洋地置身度外。

「咦，那邊有飲料。」

我這麼說的時候，崴崴好像沒聽見。她放下摺椅之後，骨頭軟軟坐了下來，雙臂枕著椅背打盹兒。

既然無所事事，我逕自過去飲料區那邊，左看看，右看看，一排餐廚用的推車上擺滿飲料。主辦商沒有虧待參賽者，市面上的鋁箔包飲料幾乎應有盡有。我很渴，同時拿起兩瓶菊花茶，瞥見了遠方的崴崴，心想也該照顧一下她，便回去那邊一趟。

「妳要不要喝飲料？」

崴崴抬起頭，正眼還沒看我就說：

「我想喝『圍他菊花茶』。」

我隨手遞出手中的飲料。

「眞巧。我拿回來的就是『圍他菊花茶』。」

「謝謝！」

窗外陽光照在崴崴的身上，她對我露出惺忪的笑容。

那一刻我彷彿感受到命運的神奇和宇宙的奧妙，自小到大我都很愛喝菊花茶，沒想到這件小事會成爲我和她之間的共通點……看著崴崴含住吸管的樣子，我的心裡甜滋滋的。

「最近出了奶油口味的菊花茶，你有試過嗎？」

當崴崴這麼問我的時候，我好像在一秒間戀愛了。

場內是一片波譎雲詭的氣氛，但我跟她離開人群坐在一角，這樣的小時光令我覺得很溫暖，內心有種很平靜的感覺。

忽然，我發現崴崴的面色變了，她蹙起眉頭，一副怏怏不悅的模樣。

我順著她的視線方向望去，那方向最惹人注目的人物，就是一個穿著道袍的少年。

對，眞的是道袍，不過是很低調的藏青藍，所以少年這麼穿也不算很突兀，別人只會看成一件寬鬆的大袍。

崴崴瞪著他的目光懷有敵意，甚至可能是一種恨意。

「是妳認識的人嗎？」

「嗯。」

她好像不願多說，我也只好住嘴。

難道……

他是她的舊情人？

那少年沒有長得很帥，一頭尖削的短髮，一對眼睛也斜斜的……由於有點距離，我沒看得很清楚。

雖然我是毫無戀愛作戰經驗的零號機，但也看過卿卿我我的電視劇，所以我的直覺告訴我，崴崴和那少年一定有甚麼瓜葛。

「你注意到了嗎？」

崴崴打斷了我的遐思。

「甚麼？」

我一頭霧水。

崴崴仰起下巴示意，應該是叫我觀察周圍的意思。但我的層次太低，壓根兒看不出有甚麼異狀和端倪，一時也瞧不見會長和小鬼的蹤影。

「果然如我所料，參賽者開始結盟，逐漸組成了一個個小圈子。」

崴崴這樣說，我才恍然大悟。

細心一看，會場內的人群眞的各據一方，就像分子組成的化合物，共同的利益把他們連繫在一起，組成了利益共同體。

「沒錯。他們這樣做，就是爲了增加『BARGAINING POWER』吧？」

我也要向崴崴展示一下我的智慧，還故意拋出一個英文術語。

BARGAINING POWER，就是「討價還價的能力」。

崴崴一言不發，只是點了點頭。

名校生來到我們附近拉票，一團人跟屁股跟隨，應該就是他的競選團隊。我看著名校生談笑風生，和某圈人中的頭目角色握了握手，然後整夥人一同朗聲大笑，這種演出就跟談成了一筆大生意一樣。

「我們要『埋堆』嗎？」

埋堆，就是加入某個圈子的意思，但我嫌這個粵語詞彙有點庸俗，便補上一句英文，說成「BURY TOGETHER」。

「等一等吧。看完第一輪篩選結果再做決定。」

崴崴的策略就是靜觀其變，始終要經過第一輪篩選，才知道哪幾位候選人會出線。與其押錯注，倒不如不押注吧？但我覺得崴崴的本性我行我素，除非有極大的好處，否則她也不太願意加入別人的小圈子。

會場響起了火警演習般的鈴聲。

我望向投影牆，牆上的倒數計時已經歸零，也就是三十分鐘的競選活動時間結束了。

狼人先生上台，宣布即將由系統隨機抽出參賽者，邀請他們出來接受民意調查。

投影牆上出現新的字樣：

民意調查時間

嗶嗶、嗶嗶——

場內音響播出電話撥號的鈴聲。

音效一完，投影牆顯示出一百名參賽者的選手編號。

十多名光頭男人分布在參賽者中間，只要有人舉手，光頭男人就會帶著M-PAD過去，掃瞄參賽者手腕上的鑰匙繩圈，再遞出M-PAD讓參賽者操作。

「哦！想不到有這樣的用途。」

我取出口袋裡的鑰匙繩圈，這是進場前取自儲物櫃的東西。原來鑰匙上的吊牌除了選手編號，背面還印上了「ＱＲ碼」。

一眨眼工夫，大會就完成了民意調查，人力、物力的支援眞的強得沒話說。

狼人先生向半空伸出了雙臂。

「好了，我們現在請十位候選人來到台前準備。」

投影牆出現十位候選人的大頭照和編號。

「我們剛剛訪問了一百位參賽者，調查他們的投票意願。現在即將公布結果，最高支持率的五位候選人，將會進入第二輪的篩選。」

狼人先生向操作投影儀器的工作人員示意。

首輪民意調查報告出來了。

毫無懸念地，名校生獲得最高的支持率，在場高達58%的參賽者都有意願投票給他。

投影牆顯示下一行資料。

第二位的候選人是……

會長？

我萬萬沒想過會長竟然衝上人氣第二高的候選人。

他剛剛做了甚麼事？騙票成功了嗎？難道說有些人喜歡他的搞怪風格，所以投票給他

這個小丑嗎？

我看著會長醜陋的大頭照在牆上以巨大的面積出現，不由得茫然費解。

不過，會長的支持率低得有點離奇，只有6%。

我想了一想，覺得大有蹊蹺——怎麼可能只憑個位數，就成爲排名第二的候選人？

接下來，眞相揭曉了。

第三名候選人的狀態顯示「退選」。

第四名、第五名、第六名……直到第十名候選人，狀態都是「退選」。

事實擺在眼前，除了名校生和會長，其他候選人都退出了這一場選舉。

「怎會這樣的？」

會長面色鐵青，雙膝垂軟跪地。

任何人都看得出來，會長的處境非常不妙。

6

原來其他候選人自知敵不過名校生，早在第一輪篩選之前就退選了。

現在，這場選舉只剩兩名候選人：

七號的名校生和八號的會長。

「呵呵，真意外呢！想不到進展這麼快，就演變成兩雄相爭的局面。這樣也不成問題，當初我們設計遊戲的時候，就有預料到這樣的情況。由於只剩兩位候選人，我們將會跳過第二輪篩選的步驟，直接進入競選的最後階段。有沒有人要提出異議？」

狼人先生提出的做法很好，可以加快比賽節奏，所以人人都默默讚好。

不過啊，名校生和會長的差距這麼巨大，「兩雄相爭」這個說法太抬舉會長了啦⋯⋯恐怕會長在名校生眼中，只是一條弱得看不見的草履蟲。

會長站在台上，突然崩潰似地抱頭哀號。

「嗚哇——」

他無法承受與名校生競爭的壓力吧？

就在眾人愕然注目之際，會長又恢復胡鬧的本色，死魚翻生似地蹦蹦跳跳，做出拳鬥士的姿勢，向著名校生的方向左右揮拳挑釁……他的一張鬼臉眞是有夠欠揍的。

這傢伙平時在學校還會收斂，掩飾自己精神異常的一面。不知他今天早上是否忘了吃藥，以致興奮得樂極忘形，失控暴露出自己怪胎的眞面目。

——正常人會投票給他才怪。

「謝謝大家支持，我很榮幸可以參選，承蒙厚愛，我定不負所託，帶領大家出線。」

名校生在台上沒說多餘的廢話，簡簡單單展示出大將之風。

相較之下，會長面目可憎，佝僂怪誕，不堪入目……很明顯矮了一大截，淪爲陪襯的路人角色。

在這場選舉中，名校生是必定當選的「超班馬」吧？我相信每個人都有這種感覺。

選舉前的活動只剩五個環節：

①三十分鐘最後拉票
②第二次民意調查
③十分鐘同台辯論
④終極民意調查
⑤投票決勝

「三十分鐘之後，七號和八號候選人就會上台展開辯論戰。現在請候選人拚盡最後的努力，全力爭取民意的支持吧！」

狼人先生宣布解散，在場內走來走去的競選活動又再開始。

我瞧見會長向狼人先生說了些話，對方堅決地搖了搖頭。我猜會長問的是：「我可不可以退選？」答案當然是不可以，這場選舉遊戲最低的要求就是要有兩位候選人。

本來，會長的如意算盤是沒有足夠的支持率，他就會自動被刷下來，順其自然退出選舉。無奈其他候選人比他早走一著，一發覺鬥不過七號名校生，在拉票的階段就已經申請了退選。

這個遊戲有很多「潛規則」，會長未向工作人員問清楚，因此不知道有「退選」這個選項，結果就陷入了泥足深陷的局面。

唉，誰教他愛出風頭呢？

會長灰頭土臉地回來我們這邊，他目不轉睛盯著崴崴，彷彿向她搖尾乞憐，極度需要一條起死回生的奇計。

「我們是不是被孤立了？」

小鬼向會長提出這番見解。

「我又沒做錯事，大家爲甚麼要孤立我？」

小鬼拍了拍會長的肩膀。

他揶揄會長：

「YOUR FACE, YOUR FATE（長相決定命運）——」

我忍不住了，大聲爆笑。

據小鬼打探回來的情報，現場已分成幾派陣營，最大的陣營是「香島聯盟」，其次就是「九龍群益會」。在前一個拉票時段，「香島聯盟」和名校生已達成了協議，獲得極大的優勢。

由一開始，只要是稍懂人情世故的參賽者，都會看出這遊戲的玩法是「向強者靠攏」，即是投票給最有可能當選的候選人。

這場選舉果然發展成小圈子之間的競爭。

雖然買票是不允許的行爲，但候選人可以給予口頭承諾，用「20%的內定出線名額」來換取參賽者聯盟的選票。

主持人說過，全場總共有1199位參賽者。

我心算了一下——

假設名校生可以獲得九成以上的選票。

他就會有大約二百四十個內定名額。

這二百四十個名額可是非常有用，可以用來收買其他參賽者。總而言之，名校生的贏面愈大，他的談判籌碼就會愈多。

「哥兒們，如果你們投票給我，我一定讓出內定的出線名額！名校生只是騙票，就算他贏了，他也不一定讓你們內定出線吧？爲了表達我的誠意，我可以舔你們的鞋子啊！」

會長看中了內定名額有限這一點，企圖使出離間計，遊說「九龍群益會」的核心成員，爲此更不惜捨棄他做人的尊嚴。

無奈對方一口拒絕。

「不是我們不相信你，而是你無法當選的話，給我們出線名額也是沒用啊！我們投給梁尊龍，就算不是一定出線，至少會有抽籤出線的機會，這點絕對是無庸置疑的。」

這番話說中了要害，只要最大的兩大圈子表態支持名校生，會長就很難獲得其他團體的票源。

十分鐘、二十分鐘……

時間就這樣溜走了。

結果，會長一敗塗地，沒法得到任何團體的支持。

無論横看豎看，他這傢伙都是沒希望的了。

比賽到了這地步，已經發展成「未來會長」與小圈子之間的角力，爭奪如何分配出線名額。

我看見很多人走去名校生那邊，阿諛奉承獻殷勤，但名校生和他的親屬只露出敷衍搪塞的嘴臉。

名校生的心裡一定爽到極點吧！

他掌握的可是別人的出線權，這樣的權力就是令人陶醉啊！

另一邊廂，會長勞碌奔波費盡唇舌，到頭來也是徒勞無功。

不知爲甚麼，雖只是一場模擬的遊戲，但這樣的選舉規則令我有種似曾相識的感覺。我好像在哪裡聽說過，大部分桌遊都是取材自現實，所以玩家會有某程度的眞實感也不足爲奇。

崴崴呢？

她一直無動於衷，這三十分鐘都枕在椅背上睡覺，沒有參加過會長主導的拉票活動。

我嘆息一聲，默默看著投影牆上的倒數，看著時間由五十九秒逐秒歸零，見證著最後

	支持率
七號候選人	88%
八號候選人	2%

的拉票環節結束。

辯論戰開始之前，主持人又做了一次民意調查。

這個「第二次民意調查」是主持人加上去的環節，方便參賽者更了解當前的局勢。

這一次我被系統抽籤選中了，我主動去找工作人員，在平板電腦上選擇投票意願。

不久，牆上就呈現調查結果（見上表）：

會長只有2%？

這兩個2%之中，其中1%是來自我的回答。

剛剛平板電腦上面有三個選項，一個是支持名校生，一個是支持會長，一個就是「暫未決定」。

在民意調查期間，保持緘默可以是一個選項。可是，到了正式投票的環節，參賽者都不可能投白票，因爲這樣做就等於是棄權，喪失個人的出線資格。

88%對2%……

這個差距也太誇張了吧？

會長輸定了。

「呵。」

耳邊傳來會長的笑聲。

我本來以爲會長必定垂頭喪氣，沒想到他居然笑咪咪的。不曉得他是眞傻還是假傻？到了這地步，他居然還沒有放棄。

接下來是十分鐘的辯論戰。

會長躊躇滿志，忍不住露口風：

「努力是有回報的。剛剛那三十分鐘沒有白費。我掌握到關鍵的情報，可以助我擊潰名校生的關鍵情報！」

我心念一動，脫口而出：

「難道你挖到了名校生的醜聞？」

會長的雙眼閃出狡黠的光芒。

我好奇是甚麼醜聞，正欲開口，會長忙不迭掩住我的嘴巴。他彷彿身懷絕對機密的致命武器，春風得意地說：

「等一下我上台你就會知道了！」

7

比賽到了台上辯論的環節。

十分鐘的辯論戰一結束，再做一次終極民意調查，就會直接進入決戰的投票時刻。

崴崴醒來之後，走到前面來跟我會合。

儘管四面八方都擠滿了人，我也顧不得耳目眾多，直接問她：「崴崴，妳會投票給名校生嗎？」

我繞了一大個圈子，潛台詞乃是問她要不要背叛會長。

「如果名校生會贏的話，我當然會投票給他啊！」

崴崴回答得極爲爽快，我相信她確有此意。

其實……我也正有此意。

我倆都故意壓低了聲音，別人應該聽不見的。不過，就算洩露了我倆的投票意願，這樣的事也沒甚麼大礙。

「會長剛剛告訴我，他會在辯論戰揭發對手的醜聞。」

我繼續說悄悄話。

崴崴聽完，只是皺了皺眉。

無疑，會長是個卑鄙陰險的小人，挖對手醜聞這樣的伎倆，我覺得是很適合他本性的做法。

然而，他眞的能靠這招反敗爲勝嗎？

我不禁質疑。

前面的投影牆出現閃爍刺眼的效果，台上的狼人先生也準備就緒。台上安置了兩個演講台、兩組麥克風，名校生和會長分庭抗禮——抱歉我這句成語可能用得不好，但我還是要照顧一下會長的顏面。

「嘿嘿，大家好，比賽進行至今已經快兩個小時，現在終於到了選舉前的辯論戰。兩位候選人都是學界的菁英，期望兩人會有一場舌劍唇槍的交鋒。辯論戰的規則很簡單，就是候選人可以互相抨擊，可以互罵，可以互揭瘡疤……嘿嘿，就看看候選人的三寸不爛之舌，能否改變大家投票的意願。」

名校生非常淡定，他在辯論賽方面的經驗，恐怕全港學界也無出其右。

會長不知何來的自信，也不知何來的黏液，居然抓起了自己的頭髮，往後梳出一個「飛機頭」的髮型。

狼人先生一聲令下，辯論戰即時開始。

名校生就像訓練有素的專業跑者，先聲奪人，搶得發言權。

「根據最新的民意調查結果，我的支持率已達88%，鐵一般的事實擺在眼前，我是毫無疑問會當選的未來會長……」

會長不甘示弱，一開場就要爆料。

「未來會長？在場各位聽眾，你們知道這個名校生的私生活有多亂嗎？」

聽到這句話，大家的精神爲之一振。

「梁尊龍你這個賤人，我問你，你承不承認自己曾經劈腿，腳踏兩條船？」

全場沒有出現附和叱責之聲，根本無人大驚小怪。

就是這樣？我十分失望。

名校生面不改容，強詞奪理：

「女人是我憑本事追到手，腳踏兩條船有甚麼問題？也不怕告訴你，我最高紀錄是腳踏三條船，同時兼顧學業和課外活動，全部面面俱圓，時間管理近乎完美。」

這番話說得霸氣十足，更令我心生羨慕與佩服之情。

「呃……總之淫賤就是不對，老師教的……」

「我想問你一個問題，你曾經有女朋友嗎？」

名校生料事如神，這條問題直中紅心，箭也似地刺中會長內心最脆弱的部分。

「我……我……曾經有一份真摯的愛情放在我面前，但我……」

會長結結巴巴，欲哭無淚。

名校生趁機乘虛而入：

「ＯＫ，你可以閉嘴了。你的答案就是從未受過女性的青睞。」

「這件事和我參選有甚麼關係？」

「連女人都不喜歡你，男人更加不會喜歡你。而且你也承認了，女友問題和參選沒有關係，所以你剛剛對我的質疑就是荒謬！就是自打嘴巴！」

名校生咄咄逼人，渾身有股強大的氣場，把歪理說得龍飛鳳舞，嗆得會長毫無招架之力。

說到底，這場辯論賽只是餘興的鬧劇，對投票意願的影響微乎其微。這裡的參賽者以男生佔絕大多數，對多情的男人也比較寬容。更何況，大家根本不會在意候選人的德行，卻只會在意候選人的贏面。

這是很可悲的現實，無奈這就是遊戲規則，怪不得人人都會做出趨炎附勢的選擇。

名校生不停稱呼會長「TWO PERCENT」，諷刺會長的支持率只有2%。這招實在高明，只要一再強調，讓大眾留下強烈深刻的印象，根本就不會有人投票給會長。

這不是甚麼激辯，而是強弱懸殊的凌辱啊！

會長垂死掙扎也沒用了。

在辯論賽進行的期間，場內的工作人員同時派發選票。他們就像速遞員一樣，隨身帶著掃描器和迷你打印機，只要一掃描參賽者的鑰匙手環，那台無線連接的列印機就會印出選票。

「嗨，輪到我們了。」

當崴崴拿到選票之後，特地高舉過額，對著燈光仔細看了看。

這張選票有甚麼特別嗎？

我也伸手領取選票，選票滿精美的，有點像復古設計的撲克牌，不過頗爲單薄。底圖應該是一早印好的，工作人員的任務，只是加印黑白色的選手編號和防僞碼，如此才是一張有效的選票。

除了印有選手編號和防僞碼，選票的空白欄再無其他資料。

「有沒有筆借給我們？」

崴崴向工作人員問了個奇怪的問題。

「對不起，會場內禁止使用任何書寫工具。」

工作人員帶著歉意搖頭。

辯論賽就在一片譏笑聲之中結束了，狼人先生宣布進入下個環節，對參賽者做一次終極的民意調查。

雖然是遊戲的規定，但我覺得這樣做眞的浪費時間。

現在這個局勢，就算是瞎子也看得出來，名校生必定勝出選舉，餘下的時間都只是垃圾時間。

我唯一擔心的是可不可以出線。

這種劣勢，就算我們出賣會長，投靠到名校生那邊，應該也無法獲得甚麼好處。

「我有些話要跟會長說。你不要去，你在這邊等我。」

崴崴突然有所行動，離開了我的身邊。

她要幹甚麼？

我呆呆看著她走向正瑟縮在牆角的會長。

經過辯論戰之後，會長已經一蹶不振，他四周冷清得很，現場再無其他人關注這位毫無勝算的候選人。

崴崴過去，對會長說了一些悄悄話。

她是要鼓勵會長嗎？我覺得不像，這樣的溫柔作風會毀掉她在我心目中的形象。

我在遠處看著，會長初時一臉錯愕，接著就像風雲變色，面色勃然漲紅，紅得好像猴子的屁股一樣。

不知崴崴說了甚麼話，刺激了會長的神經，惹得他像野獸一樣發出聲嘶力竭的咆哮：

「甚麼！妳要背叛我？妳到底有沒有義氣的！」

這聲喝罵的音量大得響遍全場。

更糟糕的事發生了，崴崴與會長當眾鬧翻。

8

誰都看得出來，我們這組人正在內鬨。

會長發瘋似地抓頭頓足，又對崴崴罵了一堆難聽的話。

唉……崴崴也真是的，我們嘴裡說支持會長，票投名校生就好了……幹嘛要對會長如此坦白呢？

啪！

崴崴賞了會長一巴掌，打得會長幾乎暈死過去。

這樣施暴……好恐怖啊……

就在全場愕然的目光之中，崴崴怒不可遏地回到我身邊，扯著我往會場後面走，彷彿愈是遠離會長這個瘟神愈好。

「垃圾！他這種人就是輸不起！樂樂，你是站在我這一邊的話，等一下千萬不要投票給會長！」

她會不會在演戲？

我一冒出這樣的念頭，立刻就否定了。

因爲她根本沒必要演戲，這樣大吵大鬧，只會趕走會長剩餘的支持者……唔，坦白說，我根本不相信會長會有支持者。

可憐的會長已眾叛親離，身邊只剩小鬼扶著他的屍體……不，扶著他躺在地上的軀體。

恐怕小鬼爲了保住出線資格，最後也會轉投名校生吧？對不起，我就是把人性想得很壞。

這時候，場內的民意調查也結束了，系統將會即時統計結果。

狼人先生上台了。

兩個光頭男人尾隨其後，他們各自拎著一個大大的票箱，合共兩個黑色密封的塑膠箱，箱面分別貼了兩個巨大的數字：「7」和「8」，正是代表七號和八號候選人。

我啊，總是不時偷瞄崴崴。

那一刻不知是否我的錯覺，崴崴的目光亮了一亮。

「我猜對了一件事。」

「甚麼事？」

「大會派給我們的選票，沒有印上候選人的名字，我就推測會有不同票箱，來讓參加者投給不同的候選人。」

——有沒有筆借給我們？

我忽然醒悟，崴崴剛剛的問話，原來是爲了證實這個想法。沒有筆，就不能寫名字，主辦商爲了方便點票，最好的做法就是設置兩個票箱。

——遊戲道具只有一張小紙。

我又想到，主持人一早說過這樣的事，就是暗示參賽者都會收到選票。

可是……

「這樣的事有甚麼要緊嗎？」

我直接說出心裡的想法。

使用甚麼方式投票，結果應該都是一樣的。而且啊，要是用上了眞正的選票，更杜絕了候選人作弊的機會。

「你要注意魔鬼噢，因爲魔鬼就在細節裡。」

崴崴笑了笑，好像完全沒回答一樣。

我覺得無關痛癢，也沒有追問下去，這時候周遭出現了興奮的歡呼聲，我不由自主望向閃爍換幕的投影牆。

終極的民意調查結果出來了——

	支持率
七號候選人	97%
八號候選人	0%

支持率跌至零？

雖然符合所有人的預料，但這樣的結果實在慘不忍睹。

崴崴和我在後面看得清清楚楚，名校生的陣營已經在擊掌慶祝，看來名校生將會獲得全部選民的選票。

只有一個人肯定會被淘汰，這個人就是會長。

至於其他參賽者，除了成功巴結名校生的利益集團，應該就要憑抽籤來決定命運，出線的機會大概是一半一半吧！大概吧……我必須承認，本人數學不好，不太會計算機率。

「結果，第一場比賽只是靠賭運氣過關。」

我有感而發。

「也不一定啊。」

崴崴的話玄之又玄。

「妳意思是……我們除了靠運氣，還可以想辦法討好名校生，說服他給我們出線名額嗎？」

我嘗試揣摩崴崴的意思，她卻一臉淘氣地搖了搖頭。

「你覺得當候選人最大的特權是甚麼？」

「不就是20%的選擇權嗎？」

「你錯了，主持人一早說得明明白白，候選人最大的特權是發言權。只有他們可以上台發言。」

我覺得崴崴若有所指，但我無法參透她的暗示。

場內音響傳來狼人先生的聲音，他就像附和崴崴的說法，當眾宣布投票的規則：「請各位參賽者要注意哪，投完票的人不可以說話，也不可以干擾其他投票者，否則就會被取消參賽資格。」

即使在現實社會的選舉，也有這樣的規矩，所以人人都覺得合情合理。

這時候，會場內響起刺耳的鈴聲。

一個個光頭男人力大如牛，捧著一條條排隊柱布置場地，拉出分隔空間的伸縮帶。一千多個參賽者聽著場內的廣播，繞著蛇形路線開始排隊，蛇頭就在台前的階梯下面。

崴崴和我站在最後面，我們最後過去，順理成章排在隊伍的最後面……崴崴向我打了個眼色，我立刻心領神會，明白她是有意這樣做的。

投票的環節正式開始。

就像眾星捧月的國家級領導登場，名校生第一個上台投票，他的氣焰真是囂張得好像踩著風火輪的哪吒。

「謝謝大家對我的支持！就讓我們一起出線到下一場遊戲吧！」

名校生慢動作舉起自己的選票，再慢動作投入自己的票箱。他這種人早就習慣出風頭，一投完票，就在胸前捏起了拳頭，七分得意洋洋，三分裝模作樣，彷彿做出宣示得勝的動作。

他的競選團隊和「香島聯盟」的人陸續上台投票。

票箱上除了號碼的立架，擺著的相框還展示著候選人的照片。主辦方如此悉心安排，就能確保參賽者不會搞錯對象投錯票。

由於會場禁止攜帶手機和紙筆，參賽者之間要交換情報，唯一的方法就是口耳相傳。因此，參賽者無法預計得票，就一定會參照之前的民意調查，投票給最大贏面的候選人。

我是這麼想的。

其他人的想法應該也一樣吧？

只要大家都這麼想，就一定會投票給名校生。

我和崴崴跟著長長的隊伍，徐徐朝著前台的方向行走。投票的進度比我想像中快得多了，想必是大家都累了，趕著快點結束。

有一件事，我相信大家也發現了——

兩個大票箱並排而立，但投票口有一段距離。也就是說，只要觀察投票者伸手的方向，就可以判斷他將選票投給了誰。

事實上，只要投票者稍微遮擋，還是可以隱藏自己的投票意向，但台上沒有一個投票者這麼做。

因爲，大家都堅信名校生贏定了。

憑我目測的估算數目，有半數人已經投票了，全數選票由名校生獨得，沒有任何一個人曾伸手投向八號的投票箱票口。

大局已定，現在只有想棄權的人才會投給會長吧？

接下來輪到會長上台。

雖然票箱不是透明的，但大家不用看也一清二楚，名校生的票箱一定塞滿了選票，而會長的票箱空空如也。

零票。

果然毫無懸念，會長必敗無疑。

崴崴應該會投票給名校生吧？

女人始終比較現實和記仇，她要是放棄會長也是情理之內。

我也會投票給名校生，至少賭一賭運氣抽籤。

落敗也未嘗不好，我可以盡早回家，上網玩最近沉迷的「鳥鳥之森」。反正這種大賽菁英雲集，我們這種爛學校的學生與冠軍都是無緣的，怎麼樣也碰不到獎盃的邊兒。

突然，空氣有一種莫名其妙的凝重感。

「Kei-ka-ku-doo-ri（計画通り）！」

崴崴低聲說出我聽不懂的話。

「妳說甚麼？」

「我唸的是一句日語，就是『正如計畫一樣進行』的意思。」

「計畫？甚麼計畫？」

崴崴沒回答，只是仰了仰下巴，瞄向的方向就是台上。

白熾燈下，會長正在上台。

我大概領悟了崴崴的意思，只是我抓破頭皮也想不出來，明明大勢如此向一面倒，會長豈會有反敗為勝的一線生機？

就在此時，會長嘟嘴湊向麥克風，乾咳了一聲之後，便當眾演說，講出一番驚天動地的話：

「各位，我要告訴你們我發現的『必勝法』！」

我相信在場的人都跟我一樣驚詫。

9

眾人面面相覷，都不知會長葫蘆裡賣甚麼藥。

眼見主持人沒有發言阻止，即是允許會長這樣在台上講話。

「對，這個遊戲是有必勝法的，百分之百可以過關，不過不是每個人都能得救。」

會長一洗頹風，整個人彷彿電力充沛，散發出自信滿滿的王者之風。

「各位，由排隊投票至今，我一直都在算票。我現在是排位第六百位的投票者，在我之前已經有五百九十九位仁兄投過票。呵呵，大家知道這代表了甚麼意思嗎？」

在場有人發出了恍然大悟的驚歎聲。

「我這番話是要對台下未投票的人說的，現場有1199位參賽者，半數加一就是六百票，正好就是現在還未投票的人數。換句話說，如果之後的參賽者都投票給我，我就一定當選，你亦一定可以出線！」

會長聲色俱厲，威風凜凜，但最重要是他真的言之成理，我肯定不少人聽了都會感到心動，重新考慮要不要投票給他。

「抗……」

名校生正要大聲抗議，但身邊的同伴立刻捂住他的嘴。他似乎也感到不妥當，只好吞聲忍氣，臉上一陣紅一陣白，怒目瞪著會長。

會長意氣風發，振臂向著名校生那邊，伸出除中指以外的四指，那一刻人人都明白當中侮辱的意思。

「哎唷哎唷，名校生喲名校生，你是不是有話要說？為甚麼你不說話啊？屁也不敢放啊？哦！對了，你已經投完票啦，如果一講話就會被ＤＱ〔註〕吧？呵呵，眞懦弱啊！」

這招好賤，但惹得哄堂大笑，笑聲迴盪了好幾圈。名校生當眾被譏笑卻不能還嘴，恐怕這件事會成爲他人生最大的污點。

——**候選人最大的特權是發言權。只有他們可以上台發言。**

哦！

我瞥了瞥崴崴，終於明白她這番話的眞諦。

會長狂笑兩聲，爲自己的發言總結：

註：香港政界的流行語，全寫爲DISQUALIFIED，「被取消參選資格」的意思。

「如果大家投票給那個懦夫，都要抽籤才能出線，扣掉內定的出線名額，中籤率低於二分之一喲。但是，如果大家投給我，人數剛剛好是六百，即是保證人人都可以出線。100%必勝還是BELOW 50%，大家之後要怎麼投票，應該想都不用想吧？」

發言時間也差不多了，會長就在矚目的情況之下，慢動作舉起選票，再故意用慢動作的姿態投入自己所屬的票箱——他的慢動作比起名校生還慢了一倍以上。

台下一陣竊竊私語。

會長一下台，小鬼立即上台，他動作俐落地將選票投入會長的票箱。

之後上台的男生都是會長曾經籠絡的對象，他們接二連三都將選票投給會長。三票、四票、五票、十票……現場氣氛彷彿形成了一股壓力，人人都將選票投給會長，沒有人再將手伸向名校生那邊的票箱。

剛剛的一番演說，眞的扭轉了局勢。

我難以置信地看著崴崴。

「這個遊戲的本質在於煽惑人心——讓投票者相信他們是靠攏到必勝的一方。」

崴崴繞著臂說話。

「哦！剛剛妳和會長吵架，原來都是在演戲嗎？」

當我這麼問的時候，崴崴點了點頭。

沒想到她表面鐵石心腸，最後還是向會長獻計，幫了會長一把。

我想起來了！會長曾在戲劇學會待過，所以他很懂得演戲，剛剛暴怒的演出真的騙倒了所有人。

自從會長的票箱有了第一張選票，局勢就變得一發不可收拾。一開始還有些人顯得躊躇不決，但隨著愈來愈多人投給會長，這股壓力愈滾愈大，彷彿只要不投給會長，就是背叛了現在投票的人。

人啊！果然都有盲從的羊群心理。

不過，我懷疑參賽者也有幸災樂禍的心態，看見名校生那樣不可一世的人物栽倒，這樣的事確實是大快人心。再者，之前投票的都是明星中學的高材生，如果除去這些對手，對往後的戰局也非常有利。

這時候，輪到那個身穿寬袖道袍的少年上台。

道袍少年臉上掛著一絲笑意，向著靜候上台的夥伴眨了眨眼——那些人紛紛點頭示意，可見道袍少年和他們是同黨，而道袍少年的決定對他們來說是重要的指引。

道袍少年向著會長揚了揚選票，才投入會長所屬的投票箱，誰都明白這動作要表達的意思：「八號候選人，我支持你。」

那一票明明也是一票，卻彷彿有異常沉重的重量。

我瞟了瞟崴崴。

她正怒容滿面，顯然和那道袍少年有甚麼過節。

排隊的人龍愈來愈短。

結果，由會長開始投票之後的每個人，全部——對，真的是全部，簡直像奇蹟一樣，他們都將選票投進屬於會長的票箱。

我和崴崴站在隊尾，掌握最後最關鍵的兩票。依我看，崴崴早有預謀，倘若前面有人故意和會長作對，或者會長遊說失敗，我倆還是能見風駛舵，將選票投給穩勝的一方。

最後，崴崴和我都將選票投給了會長。

投票一結束，工作人員立刻打開票箱點票。

一如所料，會長和名校生的選票幾乎一樣多，乍看下分不出誰勝誰負。但如果大家都沒有看漏眼，會長理應取得較多的選票。

眾目睽睽之下，名校生那邊的選票比較早點完，會長的總得票比六百票還多出三票。

主持人不用多說，大家也瞧見了投影在牆上的賽果（見左頁）。

	票數
七號候選人	596票
八號候選人	603票

會長手舞足蹈狂奔，撲過來我和崴崴這邊。

「胡軍師！我成功了！謝謝妳啊！」

會長好像要給崴崴一個大擁抱，但崴崴狠狠一腳踹開了他。

勝者爲王，敗者爲寇。

我望向名校生那邊，他們那夥人都灰頭土臉。

名校生的敗因是輕敵吧？當一個人得勢，就會驕傲自大，這就是他最容易掉入陷阱的時刻。如果他有所提防，察覺到投票排隊順位的重要性，我肯定會長一定無法乘虛而入。

由於會長的得票是六百零三票，主辦商還是要抽籤，淘汰其中三位不幸的支持者。

三名落敗的小哥深深不忿地瞪著會長。

沒想到他們其中一人有所行動，徑直走過來我們這邊，直接指著會長的鼻子大罵：

「騙子！」

會長聳了聳肩。

「It's just a game.（這只是一場遊戲）」

會長的語氣冷冰冰的。

那位小哥怫然離去，願玩服輸，再不忿也好，他也怪不得會長耍詐。

這只是一場遊戲……眞的只是遊戲嗎？

「會長，你是眞的算錯數嗎？」

等到我和會長獨處，我忍不住問清楚。

「我總要提防有人亂來，多拿三票還是比較穩妥。我哪想到，後面所有人眞的全部都投給我。」

聽罷，我心裡沉了一沉。

我瞟向崴崴，她只是繞著臂嘆息，一副既無奈又傷感的神情。

GAME 2

地產拼圖

1

我記得去年參加學校的宿營，膳食非常糟糕，十碟菜色其中九碟都是純素食，正值發育期的一夥男生一哄而上搶著挾肉……後來我才知道，校方是省錢省出了禍，才導致沒肉吃的悲劇。

如果我要將當時的回憶畫出來，我一定會畫出一幀「餓鬼地獄圖」。

自此我就對宿營的膳食不抱任何期望。

整個上午都在舟車勞頓和「玩遊戲」，當出線資格塵埃落定，我才猛然想起自己還未吃早餐，餓得整個胃隱隱作痛。

眼前是與會場相通的另一幢建築物。

兩位穿女僕裝的女侍應前來迎賓。

她倆打開兩扇雙開的大門。

六百名過關的參賽者來到食堂，這裡的外牆斜曬自然充沛的陽光，天花板鑲著鍍鉻鐵架支撐的玻璃窗，簡直就是美輪美奐的玻璃屋。

哇！好香！

數不清的長桌鋪著白色的桌布，桌布上都是令人垂涎三尺的佳餚。

如果要將美食當前的盛大場面畫出來，我一定會畫成色彩豐富的油畫，主題就是「諸神和天使的盛宴」。

「請大家隨便享用自助餐！」

女侍應笑容可掬。

E-CUP是罩住佳餚的透明恆溫圓罩，這是我前所未見的黑科技產品，電子儀器應用了眞空對流和離心式壓縮的原理，將罩內的溫度和濕度調節到最完美的狀態。

我一輩子只吃過一次五星大飯店自助餐，那次的經歷眞的好難忘，當我知道吃多少都是同一個價錢之後，我就吃了平時五倍的分量……正常人吃飽是脹到上胸口，而我那次是脹到上額頭，弄得自己很不舒服，結果花了五天才徹底消化當時硬塞到肚裡的食物。

但這一頓自助餐的美味程度，大大超越了我那一次的經驗。

怎會這麼好吃的？

波士頓的龍蝦、北海道的帝王蟹、內蒙古的草飼牛、愛斯基摩冰淇淋……

我一邊狼吞虎嚥，一邊流下兩行熱淚。

「這裡的披薩是沒有鳳梨的！」

有個胖子尖叫著驚歎，看著他的吃相，我就感受到人類對美食的執著。不知是哪位鄉民說過，正宗的義大利披薩是不加鳳梨的，由此可見這裡的廚師都是眞正一流的廚師，不會端出像「棉花糖炸醬麵」這樣不倫不類的黑暗料理。

「樂樂……你還未吃飽？」

對面的崴崴目瞪口呆地看著我，我才驚覺自己露出了窮酸相，趕緊用餐巾擦擦嘴巴。

那一刻，我的胃飽了，眼睛卻未滿足。我繼續看著琳琅滿目的美食，心中竟湧出妙想天開的慾望——如果拿到一百萬的獎金多好！我就可以常常吃這種自助餐，亂花錢也不會覺得心痛。

我和崴崴坐在同一張餐桌靠邊的位子，旁邊本來坐著一對密友般的男生，他們一吃飽就離開，過去食堂附近的泳池曬太陽。

崴崴正在閉目養神。

隔著餐桌，我偷瞄著她，想起剛剛與她的對話——

「沒有妳的話，會長就過不了第一關。想不到妳最後還是出手救他！」

「才不是哩。我只是因勢利導，追求最大的勝率。我們的夥伴關係只會是互相利用的關係。」

崴崴說話時不帶一絲猶豫。

她明明和我是同樣的歲數，但她可比我成熟得多。雖然女生通常會比同齡的男生成熟，但她能指點會長使出那樣的高招，可見她比一般的中學生更擅長工心計。

究竟崴崴是真心幫會長，還是純粹利用他來過關呢？

這問題一直在我腦海揮之不去。

女人心，海底針！

正當我坐著打飽嗝之際，有條手臂按在桌布上面，擱了在我和崴崴之間，眼前突然冒出的人影擺出了搭訕的站姿。

「小姐，我叫陳道，很高興可以認識妳。請問我可以跟妳交個朋友嗎？」

來者是那位穿道袍的少年。

這次我近距離瞧清楚他的臉，濃眉下的雙眼斜向鼻梁，有點像一對蛇目，雖然算不上是惡人相，但他的外貌就是有股懾人的邪氣。

我心中納罕——陳道剛剛使用「小姐」這種稱呼，就是說他和崴崴根本不相識？

崴崴依然沉默坐著，也沒正眼仰望陳道，只是右手緊握著叉子。我輪流看著這兩人，感覺到劍拔弩張的氣氛。

「剛剛那局只有妳和我能看清大局。我猜是妳出謀獻計的吧？謝謝妳幫我淘汰掉那堆名校生。雖然那些傢伙都是高分低能，一定鬥不過我，但這結果還是省下我不少麻煩。」

有個女人陪著陳道一同出現，她佇候在側，手裡拿著兩杯飲料，有點像侍奉陳道的丫鬟。她也是中學生嗎？我會說是「女人」，是因她的打扮太莊重，繫著一絲不苟的馬尾和光潔的無框眼鏡，還身穿女上班族的套裝，根本就是一副女祕書的模樣。

陳道繼續自說自話：

「我很欣賞妳。妳有興趣到我的公司工作嗎？我保證是高薪厚職，妳大學畢業也找不到這麼棒的工作。」

崴崴白了他一眼，用叉子指著那個女祕書：

「你對我招手的話，不怕你的女朋友生氣嗎？」

沒想到女祕書立刻澄清：

「我只是主子的助理。當他的女朋友，我是高攀不起的。」

主子？這是哪的方言？

我愈聽，愈困惑。

這個陳道究竟是何許人也？爲甚麼會帶著助理來參賽？不對，重點應該是他明明只是中學生，年紀輕輕爲甚麼會有助理？

崴崴終於站起來，雖然比陳道矮了一點，但她的氣勢沒有被比下去。

「一百萬對你來說只是小數目吧？你幹嘛要委屈自己參賽？」

「我是爲了證明自己才來參賽的。這大賽妳有多了解呢？恐怕不是大家所想的那麼簡單。我要稱霸學界，將來支配世界。」

陳道似乎看透了一些事，忍不住問：

「妳認識我？」

崴崴若無其事地說：

「我每年到鵝頸橋找神婆打小人〔註〕，小人身上都會寫上你的名字——賤人陳道。」

我聽了，發抖了一下，想不到女人的怨恨可以這麼深。

陳道聽了，不僅沒有生氣，還噗哧一聲笑出來。

「嘻！陳道是我的假名，我眞正的姓氏是『賈』。也不怕告訴妳，我的祖先是曹操麾下的一代名臣。我的家族，繼承了魏國祕傳的『黑暗兵法』。」

我大吃一驚——他的祖先這麼厲害？世上眞的有黑暗兵法？我還一直以爲是虛構的傳說呢！

「黑暗兵法博大精深，而且全是文言文，雖然我只讀通一半，但應付你們這些雜魚還是綽綽有餘的。」

陳道自大狂妄地宣戰。

「你是三國名臣的後人很了不起嗎？失敬失敬。我的祖先比你可厲害得多了！」

會長神出鬼沒，忽然蹦跳出來，拍了拍陳道的肩膀，嚇了陳道一跳。會長這傢伙，不僅一直偷聽我們的對話，居然還來打岔，這種失禮的事也只有他做得出來。

「你祖先是誰？」

陳道信以爲眞，只有我熟悉會長的爲人，肯定他這傢伙是在隨口胡謅。

「我的祖先是『龍』！我就是『龍的傳人』！」

會長擺出了張牙舞爪的姿勢，還伸長脖子發出咆哮，他所謂的「龍」，怎麼變成了西方的「暴龍」呢？我也懶得理會他的插科打諢。

註：香港特有的文化。有些人爲了詛咒仇人（例如：舊情人或上司），會到銅鑼灣鵝頸橋下找神婆打小人。

出乎我的意料，會長這番話竟然大收奇效，陳道微微一怔之後，居然沒有開口反駁。陳道悶吭一聲，瞪了會長一眼，又瞪了崴崴一眼，故作瀟灑轉身，帶同女祕書，走向食堂遠端最黑暗的空間——那邊好像是洗手間。

「崴崴，你認識他嗎？」

會長這麼稱呼崴崴，就是學我的。

「我不准你這樣叫我。你是不是找死？」

崴崴凶巴巴地瞪著會長。

「呃……胡軍師，請問妳是不是認識陳道？可不可以透露他的情報？」

雖然會長收斂起來，但崴崴還是一臉不爽。

「干你屁事。」

崴崴撂下這句話，隨即頭也不回，推開食堂的門走向戶外。

我考慮了三秒，便決定要追上去。

唉！這場大賽集結了來自全港的中學生，就算碰見熟人也不足為奇，更何況是冤家路窄呢？

陪伴她，就是我唯一可以做的事。

我默默跟著崴崴，沿著草坪走了一會，她終於理睬我，盯著我的目光欲言又止，竟有幾分楚楚可憐。

「抱歉。我剛剛太衝動了。但如果你知道他做過的惡行，你就明白我這麼生氣是有道理的。」

聽到她這麼說，我豁出去了，硬著頭皮問：

「妳和他有甚麼過節嗎？」

「過節？」

崴崴頓了一頓，才咬牙切齒地說：

「簡直就是深仇大恨！」

我愕然地盯著崴崴。

「我的哥哥是他害死的！這個仇我一定要報！」

崴崴眼冒紅絲，一點也不像在說笑。

2

桌遊大賽第一天的賽程分爲兩個場次。

上午GAME 1，下午GAME 2。

GAME 1就是上午的「會長選舉」，落選的五百九十九位敗者已經被遣返上船——抱歉我的嘴巴有點賤，總之他們就是回去市區啦。

GAME 2的遊戲名爲「地產拼圖」，以小組賽的形式分組舉行，每一組會有十二位參賽者。

至於小組賽的細節，例如遊戲玩法和出線名額，主辦商三緘其口，要待小組進入會場才會公布規則。

崴崴和我是同一組，第三十六組。

當我看見食堂張貼的分組名單，暗暗鬆了一口氣。會長和小鬼則被編進了第十八組，由此看來編組是有一定的規律，主辦商似乎安排同一夥的參賽者同組作戰。

「我就說嘛！組隊參賽有很大的優勢！」

會長自以爲有先見之明，又在自吹自擂。

主辦商安排隊員之間自相殘殺，這也是有可能的吧？只憑「地產拼圖」這個名稱，我實在猜不出是怎麼樣的遊戲。

六百除以十二是五十，即是說總共有五十場小組賽。

小組賽分別在十個場地舉行，由於場地有限，每個輪次最多是十組出去比賽，其餘未叫到的小組都要留在食堂這邊等待。

食堂裡的環境閑雅舒適，落地玻璃窗外風光明媚。

這段等待出賽的空檔，崴崴跟我細說她與陳道之間的過節。

陳道在第一輪次就出去了，已不在食堂，所以崴崴可以盡情講他的壞話——當我聽完故事之後，我徹底感到心寒。如果惡魔會在人世播種，陳道就是披著人皮外衣的小惡魔，他眞的壞到骨髓的基因裡去。

原來崴崴在升上中學之前，原是工廠老闆的小千金。

在她憶述之中，工廠大廈老舊，獨幢八層高，電梯也是老爺爺級別的古董機器，龜速移動升降，稍微超載就會壞掉。工廠各層只有兩戶，有的業主會打通成一戶，而胡爸爸曾經擁有五樓的一半業權。

胡爸爸經營一門很特別的生意，專門做霓虹燈的招牌，工廠由總督麥理浩〔註二〕治港時期已經成立，這門手藝也由師爺傳給胡爸爸，再由胡爸爸傳給她的哥哥。

崴崴的哥哥比她大十歲，自小就確診自閉症，無法適應群體生活，中三畢業就輟學了。

不幸中的大幸，崴崴的哥哥很喜歡做招牌，他也從這份工作找到做人的自信。崴崴記得很清楚哥哥有次開心得大叫，因爲他親手做的招牌在明信片上的街景照中出現了。

子承父業，胡爸爸要將工廠留給兒子。

無論工廠物業升值了多少錢，胡爸爸也絕對不賣。

雖然做招牌是夕陽產業，但餬口還不成問題，一家四口樂也融融，在五樓擁有很多美好的回憶。

小小的崴崴已經會幫爸爸做生意，向客戶討價還價，比起她那個老實的爸爸，她的商業頭腦更勝一籌。

當崴崴憶述往事的時候，也喚醒了我的幼兒園回憶，我腦海裡浮現出一個繫著雙馬尾的可愛女同學。

直到四年前，那個李氏力場〔註二〕失效的夏天，小道消息在工廠上下傳出，紅色資本即將在該地段搶地。儘管人心惶惶，胡爸爸還是有信心抵擋地產霸權，他和同幢的業主都是三十年的老相識，只要大家都捨不得賣，地產商就無法得逞。

另一點更重要的是，整幢大廈沒有單一獨大的業主，只要小業主們團結一致，地產商亦無從入手，無法強制收購整幢大廈。

沒想到意外發生了。

原來停車場的卸貨平台也有業權，屬於一樓的業主，但他本著同舟共濟的精神，一直任由他人使用。可是，有一天有個男童在停車場平台摔至重傷，原因是被違規堆放的貨物絆倒，男童家屬於是狀告一樓業主，苛索鉅額賠償。

業主爲了籌錢打官司，上了誘餌，賣掉了一樓包含平台的業權。殊不知經過幾手交易之後，該業權就成了地產商的囊中之物。

註一：麥理浩（Crawford Murray MacLehose, Baron MacLehose of Beoch, 1917-2000），香港第二十五任總督（1971-1982）。

註二：「李氏力場」爲廣泛流傳於香港的惡搞文化。原本是諷刺香港天文台和以首富李嘉誠爲首的商界官商勾結，後演變爲識諷李嘉誠設立了能阻擋，甚至控制颱風移動路徑及速度的力場，避免因停工停市而導致經濟損失。

整幢工廠只有一個卸貨平台，狡猾的地產商買走了業權，就可以封起來禁用。廠商要繞到外面才能裝卸貨物，這樣一搞，根本就做不成生意。更賤的是地產商僱請了專人監視，只要廠商在紅線的禁停區上貨，專人就會報警舉報。

這一招，真的很絕。

整件事最值得懷疑的是那個男童。

救護車到場的那一天，崴崴剛好放學來到工廠，她無意間看見那男童在擔架上呻吟的時候，男童竟露出了惡魔般的詭祕笑容。

後來，她知悉了那男童的身分。

他就是地產開發商的兒子。

姓陳，名道。

正常人一定萬萬沒想到，一個男童竟會說謊說得那麼自然，欺詐更是他與生俱來的身體語言。

那次，陳道真的立下了大功。

地產商繼續進逼，連環使出美人計、離間計和蟑螂計，甚至出資包機票，慫恿業主在外國的兒女回來爭產。

業主們紛紛投降，地產商成功收購五樓以外的樓層。

胡爸爸還是堅決不賣。

結果，他的工廠物業被迫強制拍賣，最後大大低於市價賣出。

強制拍賣，簡稱「強拍」，乃立法會於一九九九年通過的法例。只要任何公司或個體集齊同一幢舊樓90%以上的業權，就可以申請強制拍賣令，獲得整幢大樓的全部業權。

這條法例更進一步於二〇一〇年修例，將90%業權的門檻降低至80%，即是說地產開發商只要奪得八成業權，就可以趕走被標籤為「釘子戶」的小業主。

我聽了也覺得很離譜……

明明胡爸爸是受害者，在法庭上卻變成了壞人。

正如某句香港人常說的諺語：

法律面前，窮人果然含著大象——必然噎死。

總之「自由經濟」掛帥，「自由經濟」四個字就是無敵，每當提到租金管制，一堆專家總是會跳出來說「弊多於利」，說服小市民支持自由經濟——當然，如果你手上持有物業，你也不會有反對的理由。

「這就是荀子所說的小人當道的社會，唯利所在，無所不傾。」

崴崴突然掉書袋提到荀子，令我這個少讀詩書的年輕人有點糊塗，無奈主辦商沒收了手機，我無法偷偷上網查資料……算了，我勉強可以揣摩出重點，就是說貪婪無道的社會有利賤人，他們都可以在缺少規管的社會舔盡好處，情況如同移除了圍欄，豺狼都會「自由快樂」地和羊群共處。

「業主不停加租，加上行業息微，我爸爸的生意就做不下去了。我哥哥失業之後，也無法適應外面的社會，難得找到工作也會受到欺凌。有一天，他就跳樓自尋短見。」

崴崴說得輕描淡寫，我卻覺得好沉重。

雖然我的國文基礎沒有很好，但有句古諺我一直記得：「我不殺伯仁，伯仁因我而死。」

陳道和他的富爸爸沒有雙手沾血，但他們用上卑鄙的手段斂財，間接令崴崴哥哥成爲受害者。

這個變態的社會到底害死了多少人？

平民百姓只能任由剝削。

代代爲奴。

不能反抗。

悲劇彷彿是連鎖反應，崴崴的哥哥離世之後，她爸爸積憂成疾，需要花錢治療癌症。那筆賣工廠得來的錢也所剩無幾，崴崴爲了幫補家計，一到合法年齡就出來打工，所以我才會在赤壁商場的店鋪遇見她。

她好懂事啊……

我的淚水差點奪眶而出。

「崴崴，我一定會幫妳取勝的！雖然我未必有用，請妳盡情利用我吧！」

言畢，我感到十分尷尬，她一定覺得我不自量力吧？

崴崴對我笑了，很溫柔的笑容。

食堂裡響起了廣播，召集第三十六組出場，也就是說崴崴和我的比賽要開始了。起立的一刻，我瞥見她的雙眼掠過充滿鬥志的火焰。

不是冤家不聚首。

除了一百萬獎金，崴崴在這場大賽多了一個更大的目標——

狠狠打敗陳道，令他輸得徹徹底底！

3

「第三十六組的參賽者請注意！你們的小組賽即將開始，現在有請你們出來集合。」

崴崴和我過去門口那邊，等到全組齊人，大夥兒就跟著女僕裝的女侍應沿著通道徐步而行。

這時我也暗暗打量同行的參賽者，心想他們就是這一局的對手。

由於比賽匿名藏姓，我只好借用他們的特徵，來替他們命名——

金框眼鏡男、銀框眼鏡男、粉紅衣男、綠帽男、洋蔥頭、大塊頭背心男、胖子、更胖的胖子……

其中有兩個男人標奇立異，我不得不加以注目，他倆的衣著如同「情侶裝」，都是英超球隊利物浦的紅色球衣。一個髮型如「M」字中間分界，另一個的額前留了一縷較長的頭髮，整個下巴都是鬍碴。

我發現，這兩個男人都在盯著崴崴。

是因爲崴崴是全組唯一的女生嗎？直覺告訴我，他倆的目光不懷善意，好像盯上有意打劫的獵物一樣。

過梯穿門之後，我們回到了上午的比賽場地。

空蕩蕩的大會堂裡只站著一個像鬼的女人……我會這樣描述，就是因爲對方的妝容，整張臉全白，雙頰各畫上紅色的圓點，還加上一頂黑白無常官帽，根本就是萬聖節時的女鬼造型啊！

只不過，這女鬼是個小不點，一點也不嚇人。

「嗨，大家好！我就是負責你們這一組的領隊，同時也是遊戲的主持人。大家叫我小鬼差就好啦~很高興認識大家。」

小鬼差其實是個嬌小的可愛姊姊，正如在場其他男性參賽者，我由上而下看著她，視角很容易偏離她的童顏，而對焦在她玲瓏浮凸的前面……主辦商果然沒有虧待參賽者，都讓大家的眼睛吃冰淇淋，這一點眞的不得不讚。

「事不宜遲，我們開始觀賞這一局的介紹影片吧！」

小鬼差一邊說，一邊遙控投影機。

又有影片？

主辦商的認眞程度眞是大大超出我的想像。

這次的動畫居然是日式畫風，我記得美術科的陳老師教過，這種畫風叫浮世繪。

動畫開幕的場景，居然是一片刀山火海的地獄——

地獄B14層有一座黃泉香島，
香島有六大超級富有的家族，
瓜分整座島上稀有的土地資源，
大多數孤魂儲蓄千年才買得起一房。

某日，六大家族的二世祖聚首一堂，
參加冥通銀行主辦的陰獅子酒會。
當大家茹毛啃骨飲血的時候，
其中一名二世祖提出瘋狂的主意：
「反正我們的地產項目這麼多，
不如拿出來開一個賭局吧！」

這個賭局由閻羅王的小鬼差做裁判，

六大家族互相賭上等值的土地，
善用哄價、抵押、借貸等財技，
合併板塊來收取天價的過路費。
（如果不過路，就要走進刀山和火海。）

反正六大家族的財富已經夠多了，
如果因地價暴漲而「鬼不聊生」，
害得香島的陰魂慘無棲身之所，
地獄痛苦指數就會急劇上升，
這種成果閻羅王一定重重有賞呢！

二世祖們都同意了這樣的玩法，
一同在煉獄之火面前立下血誓。
原來各大家族都各懷鬼胎，
他們暗中都想乘機吞併對方，

實現壟斷統一香島地產界的曠世大業——

嗚……爲甚麼連地獄都會有土地短缺的問題？那些貧窮孤魂的表情都好痛苦啊……

我看了這種悲觀負面的動畫，心裡湧出了極度鬱悶的感覺。

背景全黑的巨幕浮現出遊戲的名稱：

GAME 2：地產拼圖

女主持人，也就是小鬼差，再度走到幕前，嬉皮笑臉地說：「地產地產——這個『地產』，就是『地獄的資產』。嘻，是不是名副其實呢？」

有點可笑……但我笑不出來。

「首先，我要公布大賽的規定——GAME 2只有兩個出線名額。換而言之，你們這一組將會有十個人被淘汰！」

大夥兒聽到這樣的事，有人面色微變，有人閉目沉思，就是不知是誰放出一個悶屁……太過分了。不過也是這個屁，大大緩和了緊張的氣氛，而根據哥兒之間的隱私保障條例，大家也不打算追究下去。

小鬼差掩著鼻子說下去：

「這局分爲六大家族的陣營，即是分爲六隊，每隊會有兩人。如果你在這組有相熟的朋友，當然最好是和他組隊嘍。因爲GAME 2的兩個出線名額將屬於同隊的兩個成員。」

我在心裡叫了一聲「好」。

這麼一來，我就可以和崴崴聯手出擊，一起作戰，一同出線……希望我不會拖她的後腿吧……

同組有四位參賽者是孤身晉級的。金框眼鏡男和銀框眼鏡男本來毫無瓜葛，互投一個曖昧的眼色之後，兩位仁兄就牽手結成一隊。同組只剩下大塊頭和洋蔥頭未組隊，別無選擇之下，他倆也只好湊成一隊。

「嘻嘻，這就是桌遊的魅力，可以讓初相識的人結緣，在遊戲中建立默契，拉近彼此之間的距離！」

聽到主持人這麼說，我的春心眞的蕩漾了一下。

假如會長懂得像小鬼差這樣推銷，以「認識異性朋友」作爲賣點，他的桌遊學會應該可以振興起來吧？

小鬼差伸手指向背後的巨幕。

「地產拼圖是用卡牌來玩的棋盤遊戲，每張卡牌就代表一個地產項目……」

「這不就是大富翁嗎？」

粉紅衣男無禮打岔，他似乎是個容易急躁的角色。

「嘻嘻，不一樣啊！我們的GAME都是爲今屆大賽特別設計的。待會兒，等你們到了眞正的比賽場地，一定能看出有很大的差別。」

眞正的比賽場地？

這番話令我感到愕然。

恰好在這時，小鬼差口袋裡的對講機響了起來。對講機發出「ROGER」的喊聲，她也喊出相同口令，接著沙沙的喊聲又再傳到眾人耳中：「場地已經READY。現在可以帶人過來。」

就這樣，小鬼差變成小領隊，帶著一行十二人起行，出發前往GAME 2的比賽場地。

首先越過一片廣大的草地，草地上井然有序排列著燒烤爐。最爲詭異的是外圍擺滿不倫不類的雕塑，既有老虎，又有邱比特，中西合璧混搭，也不知是營地本來如此，還是主辦商大費周章布置。

涼風輕送，太陽直照，白雲在遠方的山巒留下陰影，但眾人沒有心情欣賞風景，我覺得自己置身在押往刑場的隊列。

繞著小徑，眼前是一排白色磚屋，看來就是這營地的住宿區，每幢磚屋都是兩層高的宿舍。

「嘻嘻，到了！歡迎來到黃泉香島！」

小鬼差拿出鑰匙，開門讓大夥兒進去宿室。

整個宿室空蕩蕩的，沒有我想像的雙層上下床，不計牆角懸掛的冷氣機，唯一有的物品是正中央的方桌。

桌子上擱著一個神祕的塑膠外殼機器，細看下竟然是個假的骷髏頭。

哇！

我驚呼了一聲。

不尋常之處是宿室的地板。

全室的地板都劃分爲形同框角的格子，由內到外包圍拼接，而尺形的框格各自貼上奇怪的地名，例如尖沙頭、老虎岩、深水莆……恰如一張鋪滿整間房的巨大棋盤。

地產拼圖，原來就是實境版的大富翁！

【地產拼圖】

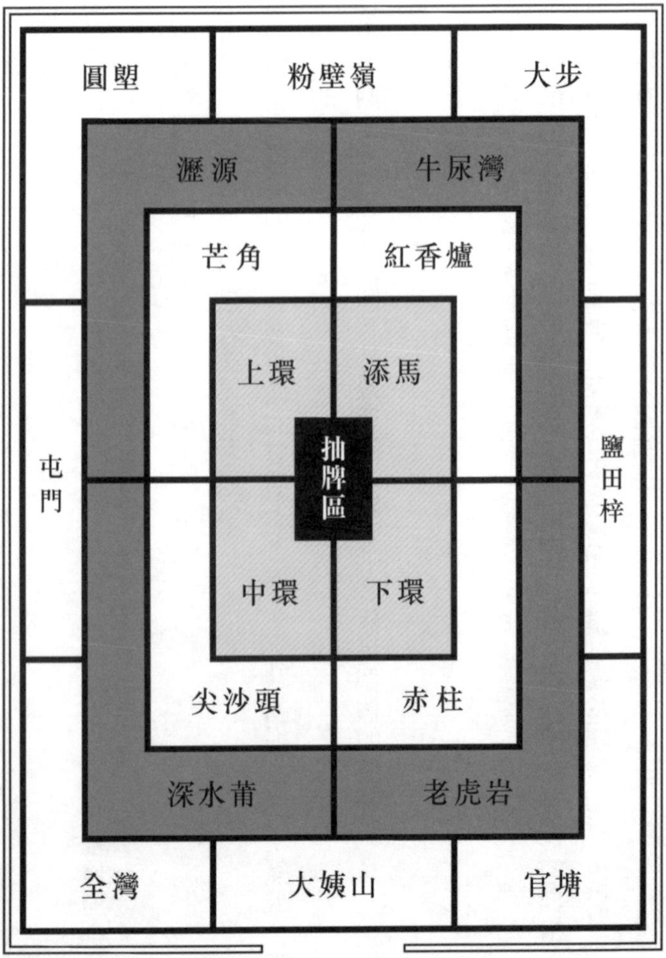

註：這些地名都是香港各區的古稱。

4

我一跨過門檻，就踩上長方形的橫格，格子上的地名是「大姨山」。

相連的格子之間沒有空隙，我初時還裹足不前，瞧見其他參賽者亂踩也沒事，才知道自己太多慮了，這些地板格根本沒有任何機關。

「主辦商是要我們自己當棋子嗎？」

粉紅衣男說的沒錯。

這簡直就像使用自己的身體，來下一盤很大的棋。

可想而知，其他宿室的布置也是一樣，其他小組的參賽者都在玩同樣的遊戲，爭奪十二分之二的出線名額。

「棋子嘛，嘻，你只說對了一半。棋子不能動，但你們在這場遊戲之中，都可以在這個空間自由活動。現在就由我來解說遊戲規則吧！」

宿室沒有窗戶，內側是一面白牆。

小鬼差在桌上放下一個小盒子，原來是便攜式的迷你投影機，影像隨即投影在內側的白牆之上。

第一個影像就是這間房的場地圖，最醒目的就是中間的「抽牌區」。

「相信大家一進來就發現了，中間的桌子上有一個骷髏頭，這東西其實是自動發牌機。在此不妨給大家一個提示，這遊戲最重要的事情就是抽牌，等一下大家就會明白我的意思啦。」

哦！原來骷髏頭是造型獨特的發牌機。

我經過桌子的時候，忍不住伸手摸了一下，表面質感很光滑。說起來，要是小鬼差不說，我還不知道世上有發牌機這種東西哩。

我和其他參賽者都聚到牆前，雖然小鬼差會逐一解釋每條規則，但我還是先用眼睛看一遍比較快。

一、每回合依次序到正中央的桌子抽取卡牌（開局兩張，平時一張）。

二、卡牌分爲三種：冥錢卡、物業卡和行動牌。

三、開局時參賽者會有冥錢五兆，放出冥錢卡可以增資，銀碼就是冥錢卡的面值（兩兆／五兆／十兆）。

四、放出物業卡，該地段從此就會變成私有資產，業主有權向闖入的外人收取過路費。

五、行動牌就是有特殊功能的牌，例如「勾舌收租」及「強制換地」，使用完畢後要丟進卡牌循環箱。

六、輪到自己的回合，就可以放出卡牌和提出交易。交易就是向其他參賽者出售、收購或交換物業。

七、參賽者亦可以在自己的回合抵押物業，以此換取流動資金。抵押當中的物業都不能收取過路費，參賽者只可以在自己的回合贖回。

八、遊戲的最大目標就是令其他參賽者破產退出。如果有人破產，他持有的物業項目都會公開拍賣，由所有參賽者競標。

咦……

怎麼有似曾相識的感覺？

我玩過大富翁的卡牌交易版，也玩過傳統的大富翁，而這個遊戲好像是兩者的改版混合體。

可能大家都跟我有同樣想法，所以對玩法也很容易理解，讓小鬼差三言兩語就交代完畢。

「以上這幾點都是基本的遊戲規則，另外還有兩條關於比賽的特別規定。第一，不得使用暴力，不能故意推撞對手，否則就會DQ。第二，比賽限時是八小時，如果八小時後尚未分出勝負，整組參賽者都會被淘汰。」

綠帽男舉手發問：

「爲甚麼不是最富有的小隊勝出，而是整組參賽者被淘汰？」

小鬼差料到有此一問，隨即回答：

「有這樣的規定，就是防止最富有的小隊拖延時間，也希望各隊人馬積極出招，千方百計都要害得對手破產。以我之前觀賽的經驗，一小時之內就會玩完，絕對不可能玩八個小時那麼久啦～」

聽起來很有道理，我還記得童年時第一次玩大富翁，玩了一整晚還是沒完沒了……就是因爲那次沉悶的經歷，我自小對桌遊很反感。

小鬼差又說到，每個參賽者的決策限時是三分鐘，出牌的限時是三分鐘，交易的考慮時限也是三分鐘。

「這一堆遊戲規則很難記呀……」

正當胖子抱怨時，小鬼差由口袋拿出了一疊提示卡，逐一分發給現場十二位參賽者。提示卡上除了主要的遊戲規則，還附上一張總表，介紹遊戲中會出現的行動牌，包括其用途及數量：

勾舌收租×8　以自己持有的物業向指定的對手收取租金，租金以同一地段相連的物業來合併計算。
強制換地×2　跟指定的對手交換一筆物業。
橫刀奪地×2　奪走對手成功以現金出售的物業，代價是成交金額的兩倍。
禁止交易×2　在別人的回合使用，禁止對手在該回合提出任何交易要求。
惡鬼大晒×4　當其他玩家對自己使出行動牌時，可令對方的行動牌無效。
鬼影成雙×4　額外抽取兩張卡牌。
鬼手偷金×4　直接向指定的對手盜取五兆。
猛鬼酒店×4　令自己的某一格物業升值兩兆。

小鬼差原地自轉半圈，指著投影到牆上的虛擬時鐘。

「我再補充一條特別的規則，這比賽每經過一個小時，物業都會自動升值一倍，過路費的罰款也會變成『2X』，即是兩倍的意思。如此類推，沒有物業的人一定會變窮光蛋，在這房間根本沒有立足之地。」

眞是反映現實的規則啊……我在心裡嘀咕。

「關於比賽的規則，大家有沒有問題？」

「我有。」

那個穿著利物浦球衣的男人忽然舉手，惹來一雙雙眼睛的注目。不知爲甚麼，我就是很在意他前額垂下的那縷怪髮。

「甚麼問題？」

「美麗大胸的鬼差小姐，在比賽開始之前，我可以介紹一下自己嗎？」

男人答得牛頭不對馬嘴。

小鬼差皺了皺眉，遲疑了半晌之後，還是勉強點了點頭，接受這個奇怪的要求。

那男人搓著帶鬍碴的下巴，開始自說自話：

「大家好！我叫朱飛雪，名字出自一首詩——『飛雪連天射白鴿』。今年的我壯年十七，正值寂寞的十七歲。」

此話一出，全場彷彿有隻啞雀飛過一樣。

朱飛雪伸臂勾住隊友，也就是同樣穿著利物浦球衣的「M」字髮型男人。

「因爲愛上桌遊，在這個寂寞的十七歲，我找到志同道合的朋友！這是我的搭檔，他叫萬寶露，名字也是有典故——『萬里寶馬金不換，香菸美人三畢露』。我們會認識彼此，就是因爲我們拜了同一個師父，黑暗兵法的眞正繼承人陳道先生。」

陳道？原來是同一夥的。我想起來了，在第一局遊戲的時候，這兩個傢伙都站在陳道那一邊。

朱飛雪突然直指著崴崴，公然宣戰：「剛剛在食堂的時候，妳和妳的老大對師父很不敬！既然我們在同一組碰頭，我就要代替師父來打敗妳！」

他口中的老大是指會長嗎……我捏了一把冷汗。

崴崴懶得吵下去，只是露出極度鄙視的眼神。

「救命呀……是物以類聚嗎？怎麼這比賽的參賽者都好像有病。」

她語帶無奈地說。

我知道，要不是爲了鉅額的獎金，她根本就不會在這裡出現。

萬寶露的行徑比較正常，也比他的隊友踏實多了。他向小鬼差問清楚一些比賽上的細節，譬如：

Q：假如我自己破產退出，但我的隊友贏到最後，這樣我也能出線嗎？

A：沒錯。這是以小隊爲單位的陣營戰。

Q：我跳過別人佔有的格子，這樣也要付過路費嗎？

A：當然要！空權也是業權。

Q：行動卡可以用來買賣嗎？

A：不行。

這些問題都問得很好，同時解答了大家的疑惑。

大會還準備了「六大家族」的族徽貼紙，讓參賽者貼在身上，以此識別各隊的成員。

我和崴崴是一隊，朱飛雪和萬寶露一隊，兩個胖子一隊，洋蔥頭和大塊頭一隊，粉紅衣男×綠帽男，還有金框眼鏡男×銀框眼鏡男成雙成對……

「各位沒有問題的話，比賽就可以開始了！只要遊戲一開始，我保證大家很快就明白要怎麼玩。」

小鬼差一聲令下，我們就要憑抽籤來決定抽牌次序。

那一刻不知是否錯覺，我瞥見朱飛雪歪嘴偷笑，彷彿他在比賽開始之前，已經設下暗算崴崴的詭計……

5

我看著「地產拼圖」的比賽場地，想起小鬼差一開場的話。

——這遊戲最重要的事情就是抽牌。

這間房的地板劃分爲一格格拼塊，就像洋蔥皮一樣包住中間。

最裡面的四格圍著桌子，那四格的地名分別是：

「上環」、「中環」、「下環」和「添馬」。

每當到了自己的回合，參賽者都要走到中間抽牌。

要是那四格被佔據了的話，參賽者一踩上就要付過路費，也就是說不停被罰款，這樣一來很快就會破產。

——逼使對方踩上自己佔有的地產格。

這就是這遊戲的要領吧？

依我看，要是抽到了正中間那四格的地產卡，這場比賽就會有很大的贏面，所以我暗中稱這四格爲「關鍵四格」。

「大家都準備好了嗎？現在我手上有六張籤，籤上有一至六的數字，請各隊派代表出來抽籤。」

崴崴派了我出去做這件差事，一眾六男團團圍著小鬼差抽籤。

我抽到的籤是……

「1」號。

LUCKY！這是很棒的開始。

我可以第一個出場抽牌，如果我的判斷沒錯的話，愈早抽牌的參賽者將會佔有較大的優勢。

眾人回去跟隊友商量，再向小鬼差報告，終於定好了出場和抽牌的次序。

牆上的投影只顯示選手編號，但我依個人的方式暗記：

①我
②萬寶露
③胖子（小胖）
④粉紅衣男
⑤大塊頭
⑥金框眼鏡男

⑦歲歲
⑧朱飛雪
⑨更胖的胖子（大胖）
⑩綠帽男
⑪洋蔥頭
⑫銀框眼鏡男

據比賽規定，同隊成員的抽籤間隔都是六人，這樣的安排合情合理，大家都沒異議。

「請一號選手出來抽牌。小哥，就由你來開局嘍～開局時，每位參賽者可以抽兩張卡牌嘍～」

小鬼差笑咪咪看著我，令我忍不住撥了撥前額的頭髮。我走近桌子，小鬼差繞到對面，既是指導我，也是教大家抽牌的方法。

「骷髏頭的後面有個按鈕，你看得見嗎？只要輕輕一拍，發牌機就會自動出牌。」

我照著她的指示操作。

拍一下骷髏頭的後腦勺，就有一張卡牌由下巴的開口滑出來，覆蓋朝下，落在桌面。

第一張牌是「冥錢兩兆」。

我深呼吸一口氣，再抽第二張牌。

壓下按鈕，卡牌落下。

那一刻，我彷彿感覺到手氣很順，一摸到卡面就有種通電的觸感。這種快感就跟我玩手機遊戲抽中強牌一樣，爲了隆重其事，我做出了誇張的動作，夾指將卡牌凌空拖拉到肩後才停下。

我的直覺準得連本人也吃驚。

目光一掠，牌面果然是最值錢的地產卡。

關鍵四格之一的「下環」！

媽呀，我得手了！

這場比賽，我感覺到強運爆發，一開場就抽中了這種好牌。接下來，我就要認眞想一想怎麼出牌。

「一號選手，請你注意牆上的時間，三分鐘的計時器開始倒數啦。在這三分鐘之內，只要你做出其中一項決定，三分鐘就會重算。爲了方便大家理解行動選項，請大家參考牆上這張表。」

如小鬼差所說，牆上的投影顯示一張圖表：

每回合行動選項：

▼打出冥錢卡
▼擺出物業卡
▼使用行動牌
▼提出交易
▼抵押物業

這張圖表頗像角色扮演遊戲的指令框。

我手上僅有兩張牌，要做決定也很簡單。

首先，我放出「冥錢兩兆」，將自己的現金增加到七兆。

然後我就打出了「下環」。

一瞬間，我感受到眾人投來的灼熱目光。

大家的表情都有點異樣，當中以朱飛雪的表情最是誇張，他毫不掩飾地咧嘴無聲大笑，令我不自在地瞪著他。

「你笑甚麼？」

「等一下你就會知道了。」

朱飛雪不屑的眼神，就好像把我當成笨蛋一樣。

投影畫面呈示每一位選手的資訊，包括資金總額和佔有的地區。這場大賽背後一定有一個強大的工程技術支援部門，當我打出了「下環」之後沒隔多久，我的資訊欄立刻添加了這一筆物業記錄。

牆角吊掛著無線監控鏡頭，工程部應該可以即時接收視訊，與此同時小鬼差也在忙著操作平板電腦。

我過去崴崴那邊。

「我犯了甚麼錯嗎？」

「你知道你有不亮牌的選項嗎？」

哦！我真笨。

我還以爲一抽到地產卡就要打出……

這時候，我背後傳來萬寶露的聲音：

「喂，我可以抽牌了嗎？」

我最怕就是有人催促，自然而然馬上回答：

「好的——」

崴崴卻忽然叫住：

「不要結束這一局！」

一切已經來不及了，萬寶露已按下抽牌的按鈕。小鬼差往我這邊望過來，我臉皮嫩，就沒有提出異議。眞的要判定的話，我也確實說溜了嘴，無法收回那一句話。

「笨蛋，你中計了！」

朱飛雪歪著賤嘴取笑我，我沉住氣，懶得反駁。

萬寶露拿起兩張牌，悄悄走到角落才看，背對著所有人，讓其他對手無法洞悉他的表情。

結果他甚麼都沒做，就結束了自己的一局。

「到我了！」

胖子摩拳擦掌出去，雖然他的肚子已經撐破襯衫，但由於他的隊友更胖，所以我腦裡還是稱呼他「小胖子」。

小胖子看了看牌，隨即向大家揭開其中一張，原來就是「鬼手偷金」，一張可以從對手的資金偷走五兆的行動牌。小胖子捏著臉上的暗瘡，掃視了在場的每一個人，最後他的目光落在我的身上。

「一號選手！我要向一號選手使用這張牌。」

小胖子這樣一說，我的資金就由「七兆」減到了「兩兆」，而小胖子的資金增至「十兆」。

這時候我才感到心寒。

笨笨的我太早放出地產卡，那塊寶地只會惹人垂涎，引來其他參賽者的圍攻。

我曾天眞地以爲，只要收集了重要的地產項目，佔據了大家必經之路，立刻就可以一家獨大，逼到其他參賽者破產。

現在，我才領悟到這不是容易辦到的事，只要別人知道你擁有重要的地段，他們都一定會千方百計哄搶爭奪。

兩兆，這是我所剩無幾的資金。

只要有人再使出「鬼手偷金」，又或者出地向我收租，我沒錢賠的話，就要用「下環」這張牌來償還。

之後還有粉紅衣男、大塊頭和金框眼鏡男抽牌，才會輪到崴崴。

我閉著眼默默祈求：

「千萬不要抽到可以索款的行動牌……千萬不要……」

粉紅衣男和大塊頭抽牌之後，都只是保持沉默，結果兩人都是在沒有出牌的情況下結束回合。

輪到金框眼鏡男的回合。

「五兆拿來——」

金框眼鏡男忽然對我大喊，嚇得我三魂掉了二魂，七魄丟了六魄。看完我的滑稽相，他才笑呵呵發言澄清：「跟你開玩笑的哪。我只是增資五兆。眞可惜啊！如果有機會，我絕對會出手搶走你的下環。」

整個比賽過程，大家都避開「下環」那邊抽牌，看來不會有人犯傻，因爲不小心踩踏地格而賠錢給我。

老天保佑眞的奏效，我總算逃過了一劫，終於撐到了隊友崴崴的回合，就看她有沒有辦法救我。

崴崴忽然向小鬼差問：

「我可以踩上隊友的地產格嗎？」

「大家是同族的人，當然免收過路費嘍～」

「原來如此。」

崴崴過去抽牌了。

她一抽完牌，還未離開桌子那邊，就順手打出「鬼影成雙」，即時可以再抽兩張卡牌。扣掉剛剛使用的行動牌，她的手上現時有三張牌。手牌多一張，選擇就多一個，我覺得「鬼影成雙」算得上是很實用的行動牌。

崴崴打出了「牛尿灣」這張地產卡。

正當我疑惑她爲何這麼做，她已經提出要求：

「鬼差小姐，我要抵押牛尿灣。」

「好的，妳這塊地面值三兆。」

小鬼差滑了滑平板電腦，崴崴的資金即時上漲至八兆。我盯著投影牆上的資訊，每當崴崴喊出一個指令，就會重新獲得三分鐘的行動時間。

「這一局還未完。我要向我的隊友，一號選手，提出交易要求。我要出資六兆，來收購他的下環。」

說話的當兒，崴崴沒有正眼看著我，卻一直注視著投影牆。交易談判的時間有三分鐘，我相信崴崴的決定，只用了三秒考慮，便答應了她的要求，割愛出售「下環」。

「最後，我要抵押下環，然後我結束自己的回合。」

在我拿到牌的時候就發現，「下環」的牌面除了地名，還標示了「五兆」這個地值。這個地值除了是過路費和收租的罰款額，也是這塊地被抵押和贖回的價格。

就像五鬼運財〔註〕一樣，當崴崴的回合結束，我的資金由兩兆變成了八兆。她則保管著「下環」，並且持有七兆的資金。

我們這隊的危機總算是暫緩了。

6

這一局全靠崴崴連環出招，不僅化險爲夷，還整固了我們的防線。

「錢很重要，作用等同於『盾牌』，用來保護自己的地產。否則一被對手罰錢，就要賠掉地產項目。」

崴崴的叮嚀我會牢記在心的。

朱飛雪這傢伙聞言，也湊上一張嘴：

「姑娘講的就是『流動資金』的概念。小弟弟，你連這個道理都不懂，很容易成爲被圍攻的對象啊！」

這個陳道的徒弟這麼說，明顯就是煽惑別人圍攻我吧？眞賤。

朱飛雪好像把我當成白痴一樣，繼續說：

註：又稱「五鬼運財術」，在民間傳說中，透過驅使五個瘟鬼，去將他人的財富搬運到自己家，以此招來財富。

「她用六兆來買你的地，這個數字也是可圈可點。她是爲了防範有人使出『橫刀奪地』這張牌吧？六兆的兩倍是十二兆，要付出這個代價才能搶地，可是在場最多錢的人也只有十兆。」

我感到氣憤，因爲他眞的說出我沒想過的事，另一方面我也很佩服崴崴縝密的頭腦。說起來，多虧了崴崴親自示範，我才知道「抵押」有這樣的妙用。比賽開局的時候，大部分地區未被佔據，參賽者可以自由走動，除非白痴絆倒，否則根本不會踩上別人的地產格。與其讓地產空著沒用，倒不如抵押地產來增資，以防其他對手突襲。

要不是崴崴出招，我很容易就會破產出局，這個遊戲只剩下一員孤軍作戰的話，必然是毫無勝算可言。

似乎受了崴崴的啓發，接下來朱飛雪和大胖子抽牌後，各自打出地產卡來抵押。朱飛雪的卡是「老虎岩」，抵押之後，增資三兆。大胖子的卡是「大姨山」，抵押之後，增資兩兆。

綠帽男和洋蔥頭甚麼牌都沒出，就結束了自己的回合。照理說，他們之中總會有人抽中行動牌吧？可是他們都沒有出招。

我不禁說出心聲：

「眞奇怪。大家都玩得風平浪靜呢。」

歲歲沒點破，故意考一考我：

「你猜得出爲甚麼嗎？」

我想了一想，喃喃細語：

「是不是……大家都想儲起行動卡，分開用不如一併用，留到重要時刻才一次打出來？」

「嗯。」

歲歲點頭嘉許，讓我尋回一點做人的自信。

最後一個抽牌的人是銀框眼鏡男，他很幸運抽中最高面值的冥錢卡，增資十兆之後，憑十五兆成爲資金最多的選手。

第一局就這樣完了，輪到我再次抽牌。

我拍一拍骷髏頭。

抽中的牌是……

「鬼手偷金」。

這張行動卡尚算不錯，我看朱飛雪不順眼，立刻使用這張卡，從他資金裡盜取了五兆。加上我本來的八兆，現在我的資金升到了十三兆。

輪到萬寶露。

他抽牌之後，手牌合共三張。

第一步，他先放出「芒角」。

下一步，他打出「強制換地」，提出用「芒角」來換走崴崴的「下環」。

「糟糕了！」

我不禁慘叫一聲。

「休想得逞。」

崴崴就像翻開覆蓋的魔法卡一樣，出示了「惡鬼大晒」。這張牌的作用就是令對手的行動牌失效，猶如四兩撥千斤，一瞬間化解了萬寶露的攻勢。

萬寶露悶哼了一聲。

接著輪到小胖子，他打出「瀝源」，由於他有十兆這麼多錢，故沒喊出抵押的指令。

四號選手，粉紅衣男，使用「鬼影成雙」補牌，再用冥錢卡增資五兆。

五號選手，大塊頭，放出地產卡，佔據「大步」。

六號選手，金框眼鏡男，放出地產卡，佔據「官塘」。

第二局過了一半，又到了崴崴的回合。

抽牌之前，崴崴的手上只剩一張牌，這回合打出剛抽到的「粉壁嶺」之後，手上又只剩一張牌。

但她這一局未因此而結束。

「樂樂，我將會提出交易要求，出售粉壁嶺給你。請你用六兆買下，然後我再用一兆跟你買回來。這一來一往，就等於你送了五兆給我。」

照著這一番預告的做法，她順利接收了我的五兆。減掉贖回「牛屎灣」的三兆，她的資金總額變成了九兆。

哦！原來隊友之間可以用這一招來調配資金。

崴崴須要增資，很明顯是要採取行動，只是旁人和我還看不透她的意圖。

繼崴崴之後，就是朱飛雪的回合。

朱飛雪抽牌之後，竊笑了一下，竟然直接結束回合。第六感告訴我，他一定是抽到了甚麼好牌。

之後的回合，大胖子抽中「深水莆」，他琢磨了下地板上的局勢，才慢吞吞地打出。

崴崴突然向他喊話：

「喂，要不要跟我做個交易？」

大胖子一臉狐疑地看著她。

「交易？」

「我用我的牛尿灣和粉壁嶺，來換你的深水莆和大姨山。瀝源屬於你的隊友，跟你有相連的地段，對你們來說更有利吧？」

「瀝源」是在抽牌區以北，而「深水莆」和「大姨山」是在南面。由於收租是以相連的地產板塊來計算總額，所以拿著相連地區的效益，確是遠遠大於各散南北的土地。

「可是我的大姨山正在抵押……」

「你贖回來不就好了？我們這裡以地易地，也可以避免被人搶地的風險，『橫刀奪地』這張牌，只能針對現金交收的地產。」

崴崴的話打動了大胖子，他和小胖子商量了沒多久，就答應了兩地換兩地的交易要求。原來這就是崴崴的意圖，如此跟對手換地，我們的板塊就可以集中在南面發展，而對方亦相得益彰，達致雙贏的局面。

玩到這個階段，我也看出了地值分布的規律。

愈接近中心點，地產的地值愈高，關鍵四格的地值都是「五兆」。「芒角」、「尖沙頭」、「紅香爐」和「赤柱」組成的二環，地值都是「四兆」。三環的地值是「三兆」，而最外環的地段只值「兩兆」。

誰都想搶奪中心的黃金地段吧？

關鍵四格是最重要的，影響可否抽牌的命運。

比賽繼續發展下去，綠帽男和洋蔥頭逐一出示地產卡，分別佔據「紅香爐」和「屯門」。至於銀框眼鏡男，他似乎抽不到地產卡，顯得十分懊惱。

新的輪次開始，又是我抽牌的時候。

現在不少地區都被佔了，我們要開始注意走位，得找到一條通往抽牌區的安全路線。

這一次，我抽中的牌是……

冥錢十兆。

哇！沒想到我這麼走運，抽到最高面值的冥錢卡。

本來的八兆，加上這十兆，我現在竟然擁有十八兆，一躍成爲全場資金最多的首富！

再細看牆上的投影資訊，崴崴擁有「下環」、「深水莆」和「大姨山」三塊地，但她只有七兆流動資金，這狀況很明顯是危機四伏。

「崴崴，我現在有十八兆這麼多錢，不如妳將『下環』交給我保管吧？這樣就可以分散風險。」

分散風臉——我竟然說出這個專業術語，連我也覺得自己充滿成熟的大人韻味。

「嗯，你提出交易，用八兆來買我的下環吧！」

崴崴贊同了我的建議，令我覺得很有面子。我當然明白八兆這數字的意義，這樣做就可以防範有人使出「橫刀奪地」。

結束回合之前，我和崴崴再進行一買一賣，利用「深水莆」這塊沒人要的地，將我的資金補充到十六兆的安全水平。

可是，我和崴崴都失算了。

萬寶露打出「勾舌收租」，指定使用他持有的「芒角」，來向我收取四兆的租金。四兆不翼而飛之後，我的資金尚剩十二兆。

「回合結束，下一個！」

「上環！收租！」

小胖子打出關鍵的地產卡，居然是隱藏至今的「上環」。在同一時間，他使出「勾舌收租」來向我收租。

就像向我連環捅刀一樣，一眨眼間，我的資金跌至七兆。

「回合結束，下一個！」

粉紅衣男接棒之後出招：

「我要提出交易，出價八兆，向我的隊友收購『紅香爐』。」

交易完成之後，粉紅衣男同時打出地產卡和行動卡。

地產卡竟然是「添馬」。

行動卡則是「勾舌收租」。

一看見這張行動牌，我就知道要被迫支付租金。粉紅衣手上的「紅香爐」和「添馬」是相連的地產格，租金會合併計算，四兆加五兆等於九兆。

而我只有七兆。

百密一疏，我沒想過資金鏈一下子斷裂，逼得我奉上「下環」來填債。

短短一分鐘，局勢有了驚人的變化。

到底是怎麼回事？我來不及思考，也來不及反應過來，只肯定現在情況相當不妙。

「上環」現在是小胖子的。

「添馬」和「下環」屬於粉紅衣男。

包圍抽牌區的四格之中，其中三格已經被霸佔了！

7

我窮得只剩下三兆。

這三兆，就是賣掉「下環」後再減債的盈餘。

全場大部分地產都已經被佔，我和崴崴本來站在「下環」，丟掉這塊寶地之後，我們不得不走了，否則踩上別人的格子就要罰錢。

在系統轉移地產之前，都會有十秒左右的免租期，我和崴崴便趕到「深水莆」的位置。

朱飛雪和萬寶露似乎早有預謀，在萬寶露結束回合之際，兩人已不約而同到達「中環」那一格。

他們這隊、胖子隊和粉衣綠帽隊，好像一早串通好了一樣，同時出手向我收租。

「原來如此，你們在賽前就結盟了吧？二號七號、三號八號、四號九號……你們這三組，六個傢伙。」

崴崴質問朱飛雪的話正是我的心聲。

這時候，朱飛雪也直認不諱：

「哈哈！妳現在才發現？爲時已晚了吧！我們先解決一半以上的選手，之後再內部公平競爭，這樣的玩法才容易出線啊！」

他們這三隊在中間沆瀣一氣站著，笑容都相當可厭。

形勢急轉直下，我和崴崴躲到房間的一側，只剩下「深水莆」和「大姨山」可守。

「對不起，我丟掉了下環。」

我向崴崴道歉。

「沒關係。你試想一想，就算地產在我的手上，他們還是可以靠收租搶走的。這班人結成狗黨，他們有心要搶，早晚我們都會失守。」

崴崴說的也是事實，如果在場之中有三隊聯手，一同串謀搶地，區區一隊根本無法擋住這樣的攻勢。

關鍵四格之中，只剩下「中環」未被佔據，大塊頭趕快過去抽牌。

不知是大塊頭這回合抽到好卡，還是早就藏有一手，他竟然打出「強制換地」，目標對象是粉紅衣男。

「我要用我的大步，來換你的添馬。」

在這存亡攸關的時刻，大塊頭是非出手不可的了，成功用「大步」換來了「添馬」，至少和隊友保住了抽牌的生機。粉紅衣男本來持有「添馬」和「下環」，現在失去相連地段的優勢，也忍不住惱怒起來。

我查看開賽前收到的規則提示卡。

全副牌之中，「強制換地」只有兩張，現在都出完了。

換句話說，現在要搶走別人的屬地，只剩下「横刀奪地」。倘若這張牌沒來到我和崴崴的手上，我們就必輸無疑，因爲我們已無他法再奪得抽牌區四側的寶地。

除非——

我們抽中尙未出現的「中環」。

朱飛雪和萬寶露正站在那一格上，崴崴由「深水莆」出發，筆直到達中央的桌子，仍免不了要跟那兩個混蛋「窄格相逢」。

這一抽非常關鍵。

最理想的情況，當然就是發揮神抽之一手，抽到「中環」這張牌……否則我們無法再走入中間抽牌，眞的可以立刻宣告GAME OVER。

崴崴揭牌之後，朝我搖了搖頭。

「赤柱。」

怎會這樣的？我失望透頂。

這張也是不錯的地產卡，價值四兆，但這個時候抽中，作用只是等同雞肋，始終無法帶來一線生機。

殘酷的現實好像將我們的頭顱塞進水裡，逼得我們快要窒息溺死……

崴崴打出「赤柱」，就結束了自己的回合。

霎時，一聲野獸般的大喊：

「妳完蛋了！」

朱飛雪亮牌了。

「中環」。

這張關鍵的牌原來在他手上，我好像聽見了希望粉碎的聲音。

我們的勝算跌至零。

不僅如此，如同使出連環必殺技，朱飛雪再打出「勾舌收租」，立刻向崴崴收取五兆的租金。

下一回合，大胖子步步進逼，打出「勾舌收租」，使用相連的「粉嶺壁」和「牛屎灣」，向崴崴索取了五兆的合併租金。

朱飛雪也乘勢夾攻，用「中環」來向崴崴收租五萬。

眼見崴崴的資金由九兆掉到四兆，再由四兆掉至「-1兆」，我就知道她須要賠地來還債。崴崴出手爽快，毫不猶豫就將「赤柱」賠給了大胖子。

結算之後，她尚餘三兆資金。

不久前綠帽子將「紅香爐」讓給了隊友，這回合他就沒有任何物業，就算抽中收租牌也無法收租，給崴崴見血封喉的致命一擊。結果，他甚麼都沒做，與粉紅衣男交換一個眼色，就結束了自己的回合。

洋蔥頭和大塊頭縮在「添馬」那一格，由於四周都被別人的地產格包圍，他倆是沒法離開的了。洋蔥頭這回合只抽到冥錢卡，增資五兆之後，就結束了這一回合。

金銀眼鏡隊的窘況跟我們一樣，但銀框眼鏡男顧不了那麼多，反正他就是錢多，寧願支付五兆過路費，他也要踏入中間區域抽牌。

他這一賭總算是賭對了，賺到「尖沙頭」這張牌，算有了立足之地。這對眼鏡男在那一格相依爲命，眞的泛起一種共築愛巢的感覺。

慢著……

他們拿到「尖沙頭」的話，我們前往抽牌的路線就斷掉了。

「新的輪次開始，請一號選手前往抽牌。」

三分鐘倒數開始。

我呆站在「深水莆」，根本動彈不能。我唯一可以做的似乎就是提出交易，將尚餘的資金交到崴崴的手上，來幫助她度過難關。

「禁止交易！」

綠帽男打出「禁止交易」這張牌。

好陰險的綠帽男！

我很想罵他，但這是一場比賽，他要趕盡殺絕也無可厚非。

本來，我向崴崴拋出無奈的眼神，只是想討一討她的安慰，卻偶然瞧見她目光大亮的專注表情。

她在想甚麼？還沒有放棄？

但她沒有給我任何指示，我就在甚麼都做不了的情況下，結束了很大可能是個人最終回合的回合。

萬寶露是個無情的對手，他打出「鬼手偷金」，彷彿眞的要伸手勒住崴崴的脖子，要將她推往死地。

崴崴資不抵債，要用「深水莆」加上資金三兆，才能抵銷鬼手的五兆。

我們被逼撤退到最後的陣地——

「大姨山」。

更絕望的是崴崴的資金已跌至一兆，若之後有人要向崴崴收租，她立刻就會破產出局。

不知小胖子和粉紅衣男是否已用光「勾舌收租」，又或者留來日後爭奪勝利，他倆都沒有對崴崴出招，分別打出「猛鬼酒店」，令指定的物業升值兩兆之後，便結束了自己的回合。

大塊頭和金框眼鏡男只求保命，彼此無冤無仇，也不會浪費重要的牌來對付崴崴。在其他人眼中，我和崴崴似乎都成爲了廢人。

死裡逃生，終於撐住了。

輪到崴崴的回合。

唉……

這又如何呢？

她所持的資金只剩一兆，根本無法過去抽牌，因爲一踏上別人的地產格就會破產。

時間一分一秒地溜走，我和崴崴陷入了絕境，站在「大姨山」這塊地上，與抽牌區之間隔著三塊地產格，這段距離如同一條無法跨越的大鴻溝。

小鬼差主動向崴崴問：

「妳要結束自己的回合嗎？」

「不。請給我時間想一想。我打算用盡三分鐘。」

朱飛雪聽了，立刻冷譏熱諷：

「還想甚麼？妳想來想去，倒不如向我求饒吧！」

我氣上心頭，爲崴崴挺身而出，向朱飛雪喝罵：

「幾個男人欺負一個女生成何體統？你們懂不懂憐香惜玉？」

朱飛雪竟發出嗷嗷的淫笑聲。

「憐香惜玉？放心，我拿到一百萬獎金之後，一定會包養她的！」

他得勢不饒人，直指著崴崴喊話：

「也不妨告訴妳，開賽之前，我主動向妳宣戰，這件事妳還記得嗎？這其實是個暗號，我向其他夥伴暗示，妳是我們第一個要針對的對象。」

崴崴依然悶不吭聲。

朱飛雪很享受折磨對手的過程，發出病態的狂笑。

「妳是我的手下敗將，我成功收拾妳，師父一定會獎賞我的！黑暗兵法，冷血無情！蒼天已死，良知何價？惡貫滿盈，萬世昌榮！嘿、嘿、嘿、嘿、嘿！」

甚麼黑暗兵法嘛，說得這麼好聽，還不就是蛇鼠一窩？現在根本就是集體霸凌，他們仗著人多欺負我兩個。

唉！我和崴崴也眞倒楣，被編進了這一組，無奈成了被針對的對象。看來我們是輸定了，這次敗陣只可以說是非戰之罪……在無法抽牌的絕境之下，我實在想不出還有甚麼取勝的方法。

沒轍了，認命吧！

神仙也絕對救不了。

「黑暗兵法嗎……」

崴崴冷眼掃視著場內所有人。

「Kei-ka-ku-doo-ri（計画通り）！我的布局已經完成了。接下來我讓你們體驗一下何謂地獄吧！」

【地產拼圖：目前戰況】

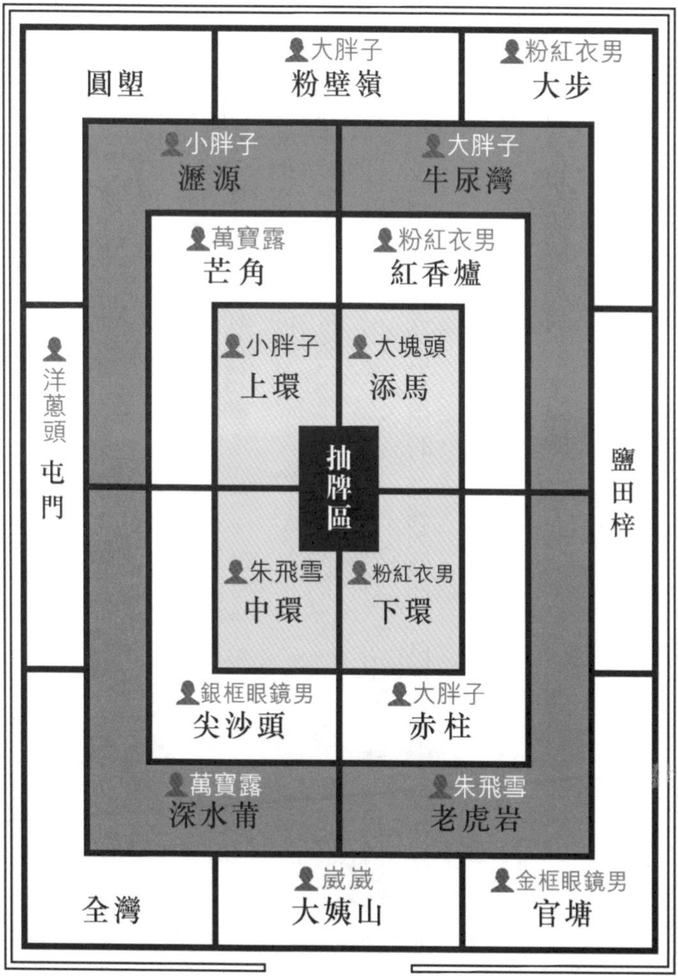
圓塱
大胖子
粉壁嶺
粉紅衣男
大步
小胖子
瀝源
大胖子
牛尿灣
萬寶露
芒角
粉紅衣男
紅香爐
洋蔥頭
屯門
小胖子
上環
大塊頭
添馬
抽牌區
鹽田梓
朱飛雪
中環
粉紅衣男
下環
銀框眼鏡男
尖沙頭
大胖子
赤柱
萬寶露
深水莆
朱飛雪
老虎岩
全灣
崴崴
大姨山
金框眼鏡男
官塘

8

我看了看牆上的投影資訊，只知道我方瀕臨破產邊緣，又陷入不能抽牌的絕境。

我只有三兆現金。

崴崴只剩下一塊地，位於地值最低的外圍。

對手是壟斷重要資源的利益集團。

她竟然說我們還有取勝的方法？

到了這地步，怎麼還有可能起死回生？

唯一的可能性就在她的手牌，當中有一張尚未亮出的卡牌，我猜應該是行動牌。可是，眾多行動牌之中，我認爲最有用的「強制換地」已經盡出，現在任何人都不可能持有這張牌。

崴崴再向眾人說一遍：

「我保證會讓你們體驗何謂地獄的。」

說到「地獄」兩字，她的語氣特別強硬，氣勢鎮壓全場。

朱飛雪先是一怔，才接著說：

「虛張聲勢是沒用的。嘿，妳嚇不到我的。」

崴崴懶得繼續爭論，只露出「走著瞧」的冷笑。

回合時間剩下不到四十秒。

崴崴仍毫不著急，面向小鬼差那邊，淡定地問：

「請問鬼差小姐，我想確認一項規則——是不是無論在任何情況之下，只要闖入別人的地產格都一定要罰款？」

「是的，任何情況都要罰款。」

「謝謝妳。這樣的話，我的計畫就一定行得通。」

直到這一刻，場內的男生都不曉得她的意圖。

崴崴的回合時間只剩二十秒。

就在此時，她對著我說：

「樂樂，我會向你提出交易要求，以一兆出售『大姨山』給你。請你等到考慮時間快要結束，才拒絕我的交易要求。」

崴崴一交代完畢，立即向小鬼差傳達賣地的要求。

我懵裡懵懂地看著她。

計時器的時間恢復爲三分鐘。

大家終於看懂了她在搞甚麼飛機，一陣驚呼聲四起。

哦！我也懂了。

只要崴崴不停提出交易，計時器的倒數就會重新計算，這點她在賽局一開始就確認了。

她這樣玩，很明顯就是故意拖延時間。

只要我拒絕交易，就不算「成功出售的項目」，「橫刀奪地」這張牌亦無法啓動功能，搶走我們唯一的屬地。

朱飛雪有點慌張起來，他的隊友萬寶露卻想出了應對方法，沉聲向著其他人發問：「誰有『禁止交易』這張牌？應該還有一張未出吧？」

對了！場內如果有人使出這張牌，就可以阻止我們拖延時間。

「我有。」

這句話是崴崴說的。

她露出淘氣笑容，向眾人展示手上的一張牌，那就是全場絕無僅有的「禁止交易」。

好賤啊，但好厲害……我由心底佩服起來，這才恍然大悟，她是在誘使別人打出另一張「禁止交易」，才一直忍耐至今。

「賤人！妳這樣拖延時間，妳也會被淘汰啊！別要害人害己好不好！」

朱飛雪一番提醒，令我想起我們還不能勝出。

據比賽規則，限時是八小時，如果限時之內分不出勝負，整組參賽者都會被淘汰。

「誰說的？我覺得自己會贏啊。」

崴崴沒有解釋下去，但她的自信不像是空穴來風。

眾人一時之間感到惘然。

我厚著臉皮陪崴崴拖延時間，她提出交易而我又拒絕交易，很無聊但是很奏效。其他對手很生氣，但他們無法施暴，只能呆呆巴望我和崴崴出錯，忘了答話而錯過倒數時限。

玩了這麼久，不覺已經一個小時，而這遊戲每經過一個小時，物業都會自動升值一倍，牆上的投影也準時出現了「2X」的字樣。

「糟糕……我們中計了。」

突然，小胖子喊出這句話，惹來眾人的目光。

小胖子舉起了手，向小鬼差問：

「那個……我可以去上個廁所嗎？」

房間沒窗口，只有一道門，門口就在「大姨山」那格，正是崴崴繞臂擋著路的地方。

「要通過，當然要付過路費啊！」

崴崴擺出山寨娘娘一般的架勢。

這時候，眾人才如夢初醒，重頭戲竟是「大姨山」這張牌。

只要陷入拖延戰，大家就一定要上廁所。

要去廁所，就不得不經過「大姨山」。

這塊看似毫無價值的地，才是非踩不可的一塊地！

崴崴的交易技巧非常高超，在第二局時，她強調用「牛尿灣」和大胖子換地，所有人都以爲她是「搭單」才要「大姨山」，卻無人識破她眞正志在奪得「大姨山」的圖謀。

原來她開局的手牌就有「禁止交易」，當時她就開始盤算，思索如何捏住所有對手的死穴，結果她瞧出了「大姨山」的眞正價值。只要有人打出另一張「禁止交易」，就是計成的一刻。

不停算計，亦不停變計。

如果生在三國時期，她該會是傳奇級的軍師吧？

比賽就這樣膠著下去。

這時候的崴崴形同女王，支配著整個房間。

崴崴這一招，就像伸手捏住了對方的「要穴」，手法如同捏栗子一樣的暴力，造出爆殼的刺耳脆裂聲，恫嚇得對方汗流浹背……希望大家能明白我這個比喻吧。

「臭婆娘！」

朱飛雪怒吼，但崴崴視若無睹，完全當他透明。

就這樣，我和崴崴你一言我一語，繼續要無賴拖延時間，擺明就是準備要跟大家熬上八個小時。

眾人知道不可能忍尿八個小時，有些尿急的，便趕在物業再升值之前，首先衝了一波，去了一趟洗手間。

別忘了，這樣進出門口，可是要經過「大姨山」兩次的啊。

單是這一波，崴崴就賺進了三十二兆。

崴崴使出的奇招，令我想起開賽前聽過那件關於陳道的事，她現在佔據了「大姨山」這塊必經之地，就跟佔據停車場的做法是同一道板斧吧？

這個比賽實在亂來，所謂的「桌遊」根本不是正統的桌遊，規則自然充滿漏洞。

但我轉念一想——

我們的社會又何嘗不是呢？

社會上的贏家都是懂得鑽空子的聰明人，平常百姓不得不交稅，有錢人卻可以「合法逃稅」。

唉，我也只是有感而發，這樣的事還是不要多想好了，日後我要繼續當一個不問世事的年輕人。

一個小時、兩個小時……

房間還瀰漫著一股屁味。

局勢發展到了極度無聊的消耗戰，大夥兒沒想過會玩這麼久，漸漸累得坐在地上。

忍尿可說是人生最痛苦的事之一，我和崴崴還可以利用三分鐘的空檔上個廁所，我們的對手卻要飽受膀胱膨脹的煎熬。崴崴是女生，在她面前尿褲子這樣的事，我相信沒有男生敢做得出來吧？

一眾男生憋尿的樣子極為可笑，洋蔥頭和大塊頭更痛苦得如坐針氈，夾著大腿扭來扭去。

活地獄啊！

同為男人，我也不忍卒睹。

小胖子突然蹲了下來，面容扭曲地說：

「大哥，我肚子好痛……」

大胖子鼓勵他的隊友，大聲下令：

「鎖緊菊花忍下去！」

這番話小胖子聽不進耳裡，自暴自棄地拋掉所有手牌，崩潰大喊：

「真的不行了！！！」

當他扭著屁股衝出去的一刻，我清楚聽到了氣體外洩的聲音。

唉，我看他中午的自助餐吃得太飽吧？這種感覺，我明白的。

接下來，棄權潮一觸即發。

「我們也不玩了啦！掰掰！」

金框和銀框眼鏡男自知勝算不大，宣告棄權之後，就臂勾著臂離去了。雖然是輸了，但經過如此激烈的比賽，他們已結下非常深厚的友誼。

到了拍賣的環節，大家才意識到有多麼可怕，爭相競投小胖子和金銀眼鏡隊留下的地產。只要崴崴買到這堆地產，與「大姨山」就能組成一大片相連的板塊，但大家現在資金短絀，根本無法阻止崴崴的大業。

有土斯有財，地產原來是這麼恐怖的資源，只要形成了獨霸的局面，就能害得別人傾家蕩產……這個道理，我相信也是傳統大富翁要表達的眞理。

明明崴崴已經有錢有地，她卻沒有要放過對手的意思。

牆上顯示的比賽時間已過了五個小時。

黃昏來了，黑夜也降臨。

小鬼差累得要向總部求救，叫人搬來椅子。

「比賽重要，還是自己的腎重要？忍尿太久可是會斃命啊！」

崴崴很會打心理戰。

此言一出，大塊頭等人再也忍不住了，都選擇了去廁所，付過路費，罰錢了事。

一罰，就破產了。

不用眞的等到八個小時，到了第六個小時，參賽者破產的破產，棄權的棄權，粉紅衣男和綠帽男也撐不住了，決定要投降離場。

朱飛雪和萬寶露面如死灰。

崴崴已經擁有全場的九成地產，這時候她大可不玩拖延戰，讓遊戲恢復正軌。只要她或我抽中一張「勾舌收租」，憑全部相連的地產格一併收租，一賠就是幾百兆，朱飛雪一隊一定破產。

士可殺不可辱，朱飛雪和萬寶露怒喊「棄權」，也不想被崴崴罰錢羞辱。事實上，大局已定，他們早已無法力挽狂瀾。

「恭喜1號和7號選手這一隊出線！嗚，我終於可以吃飯了……」

終於可以完場，小鬼差也感動到哭了，她加班到現在才下班，一定很後悔當了我們這一組的裁判。

要不是全靠崴崴，我這種蠢材早就出局了……

我這次抱到了史上最強的「大腿」，感覺就像一個長期坐冷板凳的球員，靠隊友而奪得聯盟的冠軍戒指一樣。

不對，今天只是第一天，明天還有比賽啊！

好漫長的一天啊……

我覺得好疲倦。

兩名手下敗將屁滾尿流衝出去，我看著兩人在黑夜中狂奔的背影，心中彷彿有團揮之不去的陰霾，內心的黑暗面積愈來愈大……

GAME 3

股市瘋雲

1

「地產拼圖」這遊戲，其他小組的平均遊玩時間是四十分鐘，唯獨我們一組玩了足足六個小時。

崴崴和我離開了那間令人窒息的房間，立刻呼吸到晚風吹來的清新空氣，空氣中有一股沁人心肺的青蔥草香。

「現在超過九點鐘了吧？我餓扁啦！」

崴崴向我訴苦。

我沿著草地外側的小徑緩步走，崴崴有氣沒力地跟在後面。

她也很累吧？身累，心也累。

這個營地的環境在入夜後有種靜謐的美。我仰望夜空，看見十數點閃爍的星光，耳邊隱約有連綿的蛙叫聲，還有樹梢的沙沙聲，此情此景才令我想起自己身處在大嶼山。

我的胃開始隱隱作痛。

「希望這裡會有小賣部吧！」

「我有泡麵就滿足啦。」

崴崴比我想像中吃得了苦，我對她的好感又倍增了。

坡道的盡頭就是泛著白光的玻璃屋食堂。

食堂裡有十多個人，會長和小鬼坐近玻璃窗，我還沒進去就看見他倆。當我和崴崴推開門入內的時候，眾人都投來異樣的目光，令我感到怪不自在的。

會長始終是會長，不在乎別人的目光，直接飛撲過來摟住我。

「你倆逆轉勝的事蹟已經傳到人人皆知！真漂亮的一招！」

「怎麼會傳出去的？」

我心想，也許是落敗的參賽者到處講崴崴的壞話。

會長沒有解釋，只是向我炫耀：

「我和小鬼也順利過關了。你們真可惜，錯過了今晚的晚餐，我們在燒烤場吃炭火燒烤，吃海鮮吃得好飽。你一定想不到呢，居然還有頂級日本和牛……真是人間極品啊……」

嗚，難怪剛剛經過燒烤場的時候，嗅到一陣炭燒的餘香。

崴崴聽到這種話，很想痛揍會長一拳，卻累得手腳發軟，整個人幾乎趴著癱在了椅子上。

會長落井下石地說：「我調查過了，這裡方圓十里都沒有餐廳和便利商店。」

正當我欲哭無淚之際，小鬼捎來了一個塑膠袋，轉交到會長手上。

「呵呵，看看這是甚麼？別忘了我對你倆的恩情啊！」

會長捧出兩大碗泡麵，那個保麗龍塑膠碗金光閃閃，酷似清朝皇帝的冠帽。我從未見過這麼厲害的泡麵，配料竟然是日本產的和牛！會長說這是他帶來慰勞隊員的極品泡麵，外面的炒價已升到三百元一碗，也一度成爲網上討論區的熱門話題。

我和崴崴快快樂樂地吃麵。

「好美味、太美味了！爲甚麼這麼美味？」

我發出由衷的讚美。

「因爲加了RMB呀！」

會長呵呵笑著說，我以爲他在開玩笑，想不到包裝紙上眞的有這一道調味料，全寫是「Ribonucleic Molecular Basil」。

落地玻璃窗外瀰漫著幽冥的夜色，時候也不早了，食堂裡的其他人都一一離去。

趁崴崴去上廁所之際，會長一邊咯咯怪笑，一邊搭上我的肩膀。

「紙樂同學，你和胡小姐好像相處不錯喲？飽暖思淫慾，今晚同處一室，千萬別做錯事啊，呵呵呵……」

我頓時面紅過耳。

「又不是只有我跟她同房！小鬼呢？你呢？」

「小鬼只對二次元的女生有興趣。而我有潔癖，不會碰未成年的少女。」

你有潔癖？我定定地瞪著會長暴露的鼻毛，再加上我記得他如廁後不洗手的壞習慣，令我覺得他的屁話是零說服力。

會長最大的人格缺陷是毫無自知之明，居然自吹自擂：「和女生相處是一大學問，我以過來人的經驗，來教你與女生相處之道吧！」

「相處之道？」

我的語氣很明顯在質疑，忽然又想起，GAME 1時會長上台，不是才自爆沒有戀愛經驗嗎？

「約會吃飯的時候，你應該坐在女生對面，還是坐她旁邊？」

「對面？坐在她旁邊似乎太親密。慢著……中餐西餐有差別吧？」

「都不對……」

會長頓了一頓，才說：

「如果你想看裙底，就坐在她對面。如果想看胸隙，就坐在她旁邊。」

這樣的答案令我無言以對，呆住了好幾秒。

「唉……」

嘆氣的一刻，我很慶幸從來沒有和會長拍過合照，否則有一天他犯下滔天罪行，記者可能就會拿著照片來採訪我，細查會長變態入魔的成長經過。

說起來，崴崴是怎麼看我的呢？

我有自知之明，不敢自作多情，像她那麼漂亮的女生，應該值得擁有一隊拜倒其裙下的男兵吧？

可以和她同房睡一個晚上，應該是畢生難忘的心跳回憶吧？

當我想入非非之際，崴崴就回來了，我不知怎地尷尬萬分，打翻了玻璃杯裡的水。

會長又分享他打探回來的情報。

大賽的主辦商是一間叫ＣＬＳ的公司，這間公司沒有上市，背景相當神祕，也沒公開主營的事業項目。

「ＣＬＳ應該有很硬的後台，你看遊戲中用到的那些M-PAD、投影機設備，全部都是生產商主動贊助的。」

就算會長不說，我也感到其中大有內情，心中難免充滿隱憂。會長少了條筋，崴崴膽識過人，我想討一討同溫層的安慰，便轉首向小鬼問：

「你會害怕嗎？」

「不管了。反正我是爛命一條。」

小鬼又說下去，唸出一句英語：

「Evil knows of the Good. But Good doesn't know of evil.」

我忍不住搔了搔頭。

「抱歉我英文不好……這是甚麼意思？」

「這是卡夫卡的一句名言。直譯成中文，就是『邪惡對善良瞭如指掌，而善良的人毫不了解邪惡』。簡單來說，善良的人沒有提防，總是讓壞人有機可趁。」

我怔怔地看著小鬼。

崴崴點頭示意，也說出她的見解：

「要戰勝壞人，首先要進入壞人的思考領域。」

在閒聊期間，我得知會長和小鬼在分組賽可以獲勝，歸根究柢是小鬼的功勞。

照理說未成年不准喝酒，但小鬼今晚給我的感覺就是微醺，他的話變多了，吐出肺腑之言：「不管前面有甚麼關卡，我們一起經歷一起闖關，這樣也滿好玩的吧？我在學校朋友不多，很難找到人陪我玩桌遊……」

哦……所以他才淪落到跟會長交朋友？

「雖然有些桌遊可以在網上連線玩，但我還是喜歡那種面對面一起玩的感覺。在電子遊戲機發明之前，桌遊是眾多家庭的必備物品，爲一家人帶來共敘天倫的回憶呢！」

慢著。不知是否我想多了，他喜歡和眞人接觸，卻抗拒有實體的女人？他的邏輯我實在不懂……人類眞是奇怪的生物啊！

我也懶得細究，隨便回應一句：

「學長，你眞的很喜歡桌遊喔。」

「我喜歡桌遊啊！我更覺得，桌遊不僅是遊戲，當中更蘊含不少哲理，我們玩的是人生。你知道嗎？大富翁這個世界市佔率最高的桌遊，它的眞正創造者是莉姬．瑪吉（註）。她創作的原意是爲了宣揚反壟斷法，傳播正確的價值觀，只是後來遊戲製造商扭曲了她的

註：莉姬．瑪吉（Lizzie Magie, 1866-1948），美國遊戲設計師。

原意，無奈這件事鮮爲人知，唉！」

一扯到桌遊的話題，小鬼變得滔滔不絕。

「不肖之徒也會利用桌遊來散播可怕的思想。二戰期間，德國以桌遊作爲希特勒青年團的教具，其中有款遊戲叫『猶太人滾開』，還有將炸彈投到英格蘭各鄉鎮的獎分遊戲。」

崴崴卻在此時插嘴：

「你覺得主辦商是不是有這樣的意圖？」

「我不知道……」

小鬼緘默了半晌，才說下去：

「在桌遊的世界，一定會有贏家和輸家。我只知道，不管是非錯對，留到最後的就是贏家。」

留到最後的就是贏家。

我怔怔地看著外面迷離的夜色，細味這句發人深省的話。

2

原來會長一直作弄我純眞的感情。

我到了宿舍那邊才知道受騙，每名晉級的參賽者都有獨立的單人臥室。剛剛我們一行人走路的時候，崴崴在旁擺手，碰到了我的小指頭，虧我還血氣方剛紅透了整個頭，全程都不敢再正眼看她……

原來只是我想多了，我們不會同房，更不會同床。

我也不知是失望還是鬆了口氣，洗完熱水澡之後，便獨個兒躺在床上。

「主辦商好奇怪……」

對於房間，我是眞的感到失望。

明明外面風景那麼美，單人間卻只有一扇小窗，整個格局竟有點像監牢。主辦商給我們五星級的美食，卻只給我們這麼爛的住宿。

走廊有光頭男人在巡邏，照大會的官方說法，這一帶有狼人出沒，所以參賽者夜間都不能外出。我思忖，這樣做是爲了禁止參賽者之間的交流嗎？還是純粹避免承擔出意外的責任？

外面寒風凜冽，令我有種置身在荒山野嶺的感覺，一種孤獨感乍然而生。

大會沒收了手機，我與外界斷絕聯絡，方始體會到沒有手機的晚上是多麼的寂寞。

這一晚，我睡得不好。

嗶、嗶……

明明那麼累，我卻輾轉醒來，在半夢半醒的浪潮間浮沉。耳邊隱約聽見一種奇怪的聲頻，但細聽下又沒聽見，一切彷彿只是我的幻覺。

嗶……

朦朦朧朧天就亮了。

咚！咚！咚！

咚咚——

宿舍的走廊不停響起敲鑼的噪音，正常人根本不可能不醒來。

今天的清晨一片霧靄濛濛，天氣不太好，我的心情也不免陰沉，肚子咕嚕咕嚕叫著。

起床出發。

比賽地點是昨天GAME 1的大會堂。

在開賽之前，一百名參賽者先到食堂吃早餐。

食堂裡排著十張鋪著白桌布的長桌，以二張乘五行的方式並列。

會長和小鬼比我早到，他們在第二排佔了位子。

今天，會長穿著藍色的夏威夷襯衫，混搭一條某職業球隊的籃球褲，再下面就是人字拖。小鬼照樣是文青風，穿著淺黃色的橫紋襯衫，一條不及膝栗色短褲，在我眼中他真的很會穿衣服。

「早啊！」

崴崴也來了，她今天稍作打扮，前額的頭髮有一撮噴染的紫色。

她的衣著、她的衣著……竟是我昨晚借她的黑色大號T恤！

我還以爲她只是拿來當睡衣，沒想到她竟然穿著出賽，大件的T恤包裹著她的嬌軀，竟然有說不出的無敵可愛……我耳根發燙了。

飲食方面，大會照樣慷慨，提供按客人要求烹調的西式拼盤早餐。我這輩子，也是第一次嚐到配上魚子醬和黑松露的炒蛋，在此之前，我根本未聽過這兩種高級的食材。

我留意到陳道。

他就坐在崴崴背後相隔一排的位子。崴崴一直沒回頭，所以沒注意到這件事，我也隻字不提，免得破壞她吃早餐的興致。

陳道的女祕書紮了馬尾，依舊是很能幹的模樣。也不知她到底受過甚麼專業的訓練，竟會適時爲陳道遞上鹽瓶和餐巾紙。

今天，陳道穿著純黑色的道袍。

即使我只是第六感稍微強的平民，也感受到由他身上散發出來的貴氣和霸氣。

陳道的鄰座是個梳油頭的男生，兩人似乎很熟稔，不時交頭接耳。他是陳道的左右手？就算此人不告訴我名字，我看著他黑色T恤上的大字，也知悉了他的名字——郭嘉。

我再看看四周，這大賽的參賽者理應都是中學生，但晉級第二天賽程的人大都有一張早熟的臉，面目似乎有點猙獰，有種成年人的俗氣。

是錯覺嗎？我擦了擦眼睛。

我們這一百名參賽者，吃完早餐上完廁所，便一窩蜂來到大會堂。

大會堂的布置和昨天一樣，前方有個大台。

今天的大台上有個大鐘，就是那種敲鑼打鼓的鐘。

灰牆上出現開幕的投影。

一如既往，遊戲開局之前，主辦商都會播放動畫，爲遊戲塑造令人投入的故事背景。

這次的主角是個落魄潦倒的失業青年。

H市是世上最繁華的城市之一，
這裡有全球最大的「合法賭場」，
它的官方名稱是「股票交易所」。

你是貧民窟出身寒窗苦讀考上大學的年輕人，
大學時期因爲買不起禁果牌的筆記型電腦而自卑，
又因爲對女友吝嗇而戴了一次又一次的綠帽，
當你畢業後要向這個資本主義的社會報復，
卻發現自己嘔心瀝血工作也買不起像樣的房子，
勞心勞力的煎熬工作令你在一夜之間禿頭。

你決定要在股票市場賭一把了！
押注畢生積蓄買入名人推薦的股票，
結果你在一夜之間輸到連腿毛也禿掉了。

你就像凋謝的殘花敗柳來到酒吧買醉，
冥冥之中上天居然賜予翻身的機會，
竟讓你遇見了百年才出現一次的燈神！

醉醺醺的你親吻了被誤當成尿壺的古董燈，
就此解除了封印著燈神的魔咒，
裊裊濃煙中燈神如健美先生般現身，
他決定傾囊相授傳說中的「股市必勝魔法」。

「可是，我已經一毛不剩啦……」
「你還有勞保基金啊！」
「我未到六十五歲，領不了勞保基金……」
「笨蛋！只要你有勞保基金的供款記錄，
就可以向地下錢莊借錢啦！

必要時，可以押上爸媽一同借錢。
本金愈多，勝算愈大呢！」

原來燈神身後放出的氣體可以變成浮雲，
這朵浮雲就是帶來強運的「翻倍雲」。
只要坐在雲上滑手機下單買股票，
你買的股票價格就會翻倍暴漲，
但是浮雲升到某個高度就會爆破，
你就會摔個粉身碎骨即時死亡。

在這個金錢至上的萬惡之都，
有錢就可以遊龍戲鳳爲所欲爲！
快來展開一場靠股票翻身致富的瘋狂冒險吧！
我要發財！我要發財！我要發財！

天呀！

奇怪的動畫就在連喊三聲「我要發財」之後結束。

我覺得劇情愈來愈失控了，眞好奇是編劇的腦袋有破洞，還是製作團隊收不夠錢亂來呢？

「看來這次是投資類型的GAME吧？」

會長低吟，手指在耳孔和鼻孔之間挖來挖去。

雖然我是被強迫加入「黑暗桌遊學會」，但在學會的「活動」當中，也增長了一些桌遊方面的知識。投資型桌遊是非常熱門的類別，玩家須要計算風險來做出決策，精通數學的人比較有勝算。

投影畫面映出黑底白字——

GAME 3：股市瘋雲

忽然，場內爆出勁爆的舞曲，中段插入廣播：

「有請今場遊戲的主持人——大媽股神上台！」

糟糕！我來不及遮眼。有個穿著大紅花裙和黑絲襪的大媽奔跑上台，她一拿起麥克風，就笑得左扭扭右搖搖，一對濃眉、一張大嘴都在生動地傳情，個人天生的表演慾徹徹底底表露無遺。

——我到底看見了甚麼？

台下迸出一連串恐慌驚呼，但大會可能誤解成氣氛熾熱。

大媽聲若洪鐘地解說遊戲規則：「這次的遊戲是全體生存遊戲，淘汰方式跟GAME 1一樣！不過這次更加殘酷，在場只有十位參賽者可以進入GAME 4。」

十位？

即是說有九十名參賽者會被淘汰？

我想了想，覺得這樣也沒甚麼不好，反正最後就只有三位優勝者，早淘汰晚淘汰根本差別不大，速戰速決反而省下大家的時間。

「太好了！這是我擅長的遊戲類別！」

在我旁邊，有人叫出一聲。

3

我怔怔地看著旁邊的男生。

他個子不高，一頭鬈髮，戴著圓形的眼鏡框，有瘦長的脖子及尖挺的鼻子，面相頗像我心目中的童話角色小木偶皮諾丘。

這一刻，他的眼神與我碰上，我爲了消除尷尬，只好打開話匣子：「你好興奮啊。」

這個男生喋喋不休地說：「這是我擅長的遊戲類別，我實在太高興了！我自小就愛投資，三歲有股票戶口，五歲開始理財，七歲開始炒股。甚麼叫期權，甚麼叫期貨，我都瞭如指掌……哥兒，請問貴姓？我姓伊，英文名叫TORO，發音有點像日語的『拖羅』。」

他的英文名好特別，姓氏也很罕見。

再聊一下我才知道TORO的年紀較大，該由我叫他哥兒才對。

大媽的聲音又再傳來：

「這個遊戲叫『股市瘋雲』，顧名思義，就是要大家下單買股票。等一下工作人員會派發M-PAD，人人都有一台，等於一人有一個夢想。到了遊戲正式開始，每一位參賽者都是股民，大家將會使用M-PAD裡的專用ＡＰＰ來下單。」

我再望向台上的主持人大媽，她依然風騷得令人腿軟。

牆上投影換了幻燈片，一朵朵白雲如階梯般延伸向上，每一朵白雲上都有數字，最底層是數字「0」，最頂點是「21」。那個在影片裡出現過的藍色燈神，他的卡通頭像正在雲梯的右側飄來飄去。

「這個遊戲最重要的道具就是骰子。我們將會玩二十局，每一局都會請大家下注。當大家下了頭注之後，就可以利用M-PAD的HAIR DROP功能連網，建立或者加入『集資平台』。時間一到，買定離手，集資額最高的團體可以推舉一位執行董事，由他來上台擲骰子。如果有人要爭著當執行董事，就由下注額最高的股民來上位。」

如果不歧視大媽是大媽，她的講解其實很清晰，聲音也抑揚頓挫恰到好處。

「執行董事負責擲骰，他的角色就是莊家。『股市瘋雲』的玩法，其實和『二十一點』有點類似，只不過是用骰子來取代撲克牌。首先，莊家會擲出暗骰，所謂暗骰，就是只有莊家才可以窺看的點數。」

二十一點？

我想起來了，過年時親戚非法聚賭，我好像看過大人玩過這樣的撲克牌遊戲。

稍微分心了一下之後，我繼續聆聽大媽的講解：

「之後莊家會繼續擲骰，這時候擲出來的點數都會展示給大家看，這就是所謂的表骰。每次莊家再擲骰之前，投資者會有十秒的時間來考慮要不要繼續持有股票或者加注——要跟莊家玩下去的話，投資者可以加注，但不可以減注。相反地，投資者亦可以止賺離場，贏得的金額就是下注額乘以表骰的總和。假如你下注一萬，表骰總共十五點，你就可以拿回十五萬！」

這個倍數聽起來很誇張，金錢回報如此吸引，難怪很多人都想靠股票來發大財。

「錢會愈滾愈大。可是喔，如果表骰大於或等於二十點，莊家都一定要揭盅。揭盅之後一旦超過二十一點，就是俗稱的『爆點』，所有未離場的投資者都要蒙受損失，即是血本無歸。」

大媽說得口沫橫飛。

「莊家也有選擇退場的權利，即是停止繼續擲骰。莊家一旦退場，所有投資者都要跟著一同離場收割利潤。這時候就要揭盅，如果點數沒有超過二十一點，投資回報倍率就是暗骰加表骰的總和，真的爽到飛上雲霄！」

接著，牆上出現遊戲的流程圖（見左頁）：

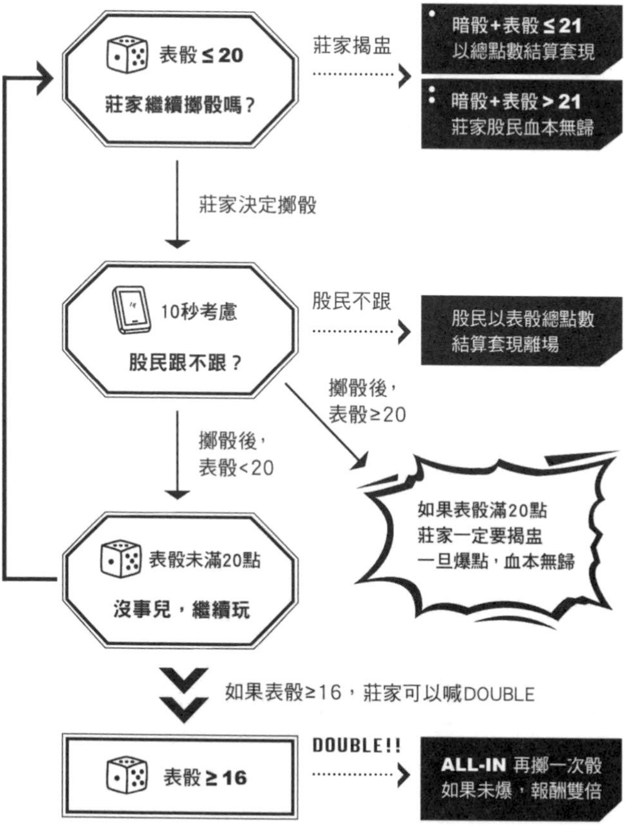
表骰≤20
莊家繼續擲骰嗎？
莊家揭盅
暗骰+表骰≤21
以總點數結算套現
暗骰+表骰>21
莊家股民血本無歸
莊家決定擲骰
10秒考慮
股民跟不跟？
股民不跟
股民以表骰總點數
結算套現離場
擲骰後，
表骰≥20
擲骰後，
表骰<20
如果表骰滿20點
莊家一定要揭盅
一旦爆點，血本無歸
表骰未滿20點
沒事兒，繼續玩
如果表骰≥16，莊家可以喊DOUBLE
表骰≥16
DOUBLE!!
ALL-IN 再擲一次骰
如果未爆，報酬雙倍

「這裡有一個特別針對莊家的規定，就是無論在任何情況，只要暗骰和表骰加起來超過二十一點，莊家都一定血本無歸，這情況稱之爲『內爆』。好心的莊家發現內爆，都可以提醒投資者離場……至於黑心的莊家嘛，嘿嘿嘿，大家自己想像好了。」

大媽的奸笑聲令人毛骨悚然。

由此看來，要判斷莊家可不可信，將會是這個遊戲的成敗關鍵。

「最後，我要向大家講解兩條特別的規則，這兩條規則就是『DOUBLE』和『三點骰』，可說是這個遊戲的財技。」

大媽頓了一頓，才說下去：

「在『二十一點』的玩法裡，也有『DOUBLE』的押注方式。但這遊戲的『DOUBLE』會要求莊家和投資者ALL-IN賭上全部資金。只要表骰大於或等於十六點，莊家就可以喊『DOUBLE』，再擲一次骰，擲完一定要揭盅。如果暗骰加表骰沒有爆點，就可以賺取總點數再翻倍的回報率，眞的爽到飛上宇宙啦！」

暴漲後再翻倍，最多高達四十二倍，這樣的倍率眞是驚人。

但是，如果要賭上全部資金……輸掉的話，不就是立即破產出局嗎？

當我尋思的時候，大媽手上已多了一顆紅色的骰子。

「這顆骰子是很特別的，它叫『三點骰』。雖然它有六面，但只會擲出一點至三點的點數。莊家每一局都有權使用一次，至於要在甚麼時機使用，當然就由莊家本人來決定。三點骰、三點骰啊……」

說到這裡，大媽忽然變得黯然落寞。

「本來我準備了一套三點式的泳衣，但大會怕我著涼生病，勸我不要穿……我很想向大家傳達一個信息吶……水退了，就知道誰在裸泳！這就是這個遊戲的重點。」

這時候，我相信人人都想到了同樣的事——只要莊家適當運用「DOUBLE」和「三點骰」，幾乎一定可以賺個盆滿缽滿。

接下來就是比賽前的測試時間。

我們各自打開M-PAD裡的專用APP，做了一遍模擬操作。場務人員伺候在旁協助，如果有不明白的地方，我們也可以向他們請教。

想不到……買賣股票比我想像中簡單。

只要輸入金額，按一個鍵，彈指之間，就可以贏大錢或者傾家蕩產。

我不得不感嘆——

人生眞是兒戲啊！

這期間我左顧右盼，發現其他參賽者都會暗中盯著崴崴。我忽然省悟到一件事，就是自從崴崴逆轉勝的事蹟傳出之後，其他參賽者都視她為大敵，甚至將她當成狙擊的目標。

我難免擔憂起來，忍不住關心問一問：

「崴崴，妳有投資的經驗嗎？」

崴崴搖了搖頭。

「吃飯都沒錢，買甚麼股票？我爸媽也不會買股票。」

有點不妙……這是她不擅長的領域。

「這樣的話，我們該採取甚麼策略呢？」

我思索的時候，不小心說出了心聲。

TORO聞言，竟然搭話：

「不懂投資也沒關係的。最重要是你會跟單。」

「跟單？」

我怔怔地看著TORO，在他眼中我應該是一臉傻相吧？

「跟單嘛，很簡單，就是跟著運勢強的人下單，別人買進你就買進，別人套現你就套現，整個過程不必思考。當然，如果你是『地獄帶衰鬼』，負能量破表，你是有可能害別人沉船的。」

這……不就是跟屁蟲嗎？

我搖了搖頭。

有沒有可能在短時間內學會投資呢？

這台M-PAD能連接到會場的Wi-Fi上網，可是我發覺財經知識都很艱深，現在想惡補也來不及。我也略有所悟，這個投資遊戲的玩法不含圖表，根本和炒買股票是兩碼子事。

就在我徬徨之際，場內忽然傳遍刺耳的銅鑼聲，原來是大媽在台上揮著鎚子敲鐘。

「現在要開市了！各位股民，祝你們旗開得勝發大財！」

4

剛剛在測試下單ＡＰＰ的時候，大會已同時公布晉級的規則。

這個投資遊戲會有一個排行榜，按參賽者的資金總額來排名次。排行榜上首十名的參賽者，就會以最後十強的姿態進入GAME 4。

這遊戲將會玩二十局，直到第五局結束，才會公布排行榜。

比賽一開始，每位股民會有十萬資金。

每次的下注額單位是一萬。

我正在盤算第一局要下注多少錢，會長這傢伙突然冒出頭來——由我胸口與臂彎與M-PAD之間冒出頭來。

他成功嚇了我一跳之後，開始裝腔作態地說：

「樂樂，請你回答我，甚麼是投資類型的桌遊？」

「我沒玩過，不曉得呀。」

會長爲了炫耀學識，洋洋得意地說：

「投資類的桌遊就是要求玩家計算風險和機會成本，考慮環境因素和過濾有用的情報，互相比拚即時運算機會率的能力，再憑一剎那的衝動和直覺來下注。簡單來說，就是『賭博』。」

「唔……」

我懶得回應，只是專心細讀APP裡刊登的遊戲規則。

這個投資遊戲還有一條重要的規則：

參賽者不可以轉移資金。

我不可以借錢給別人，別人也不可以送錢給我，事實上參賽者也不會在下單的界面找到這樣的功能。

開盤的時候，我須要輸入下注的金額。

既然只是第一局，我也不想太過冒險，只是小試牛刀，下注額是總資金的十分之一，即是一萬。

反正會玩二十局，擲骰期間股民也可以加注，我根本沒必要急在一時。

「集資時間結束！」

很快迎來了第一局的擲骰時間，想必是大量參賽者的投訴奏效，大媽這次多披了一件浴袍上台。雖然還是非常礙眼，但至少不會如黑色絲襪般令人噁心反胃，算是好得多了。

大媽在講台上放下一個黑色的骰盅。

「這個骰盅是電動骰盅，莊家只要一按鍵，骰盅就會自動開始三百六十度地搖動骰子，保證絕無花巧、公平公正！」

原來這個骰盅還會連線到官方的電腦，即時更新遊戲資訊，主辦商的工程部門又應記一功。

集資額最高的財團可以派代表去當莊家。

第一局的莊家是個西裝客，雖然我不明白中學生為何會穿西裝和戴領帶出賽，但這個人確實營造出成功人士的形象，髮蠟、皮鞋光可鑑人，因此我私下稱呼他為「經紀男」。

第一次集資，我本來以為陳道會出場，成為群雄之首，沒想到他們一夥人都只是袖手旁觀。雖然我用了「一夥人」描述他的勢力，但跟他貼身行動的只有郭嘉和女祕書。

台上，經紀男擲出了暗骰。

只有他才可以窺看點數。

擲完暗骰，就要擲出公開點數的表骰。

每當經紀男擲骰之前，所有股民都要做出兩個抉擇：

「跟注持貨」或「沽貨離場」。

和其他參賽者一樣，我手裡平捧著M-PAD，一邊專心注視擲骰的結果，一邊爭分奪秒在觸控螢幕上輸入指令。當莊家宣布繼續擲骰，給股民的考慮時間只有十秒，如果甚麼都不按就是被動式的「跟注持貨」。

會長這時站在我的旁側，喃喃地說：

「這一堆遊戲規則看似很複雜，但簡單來說，只要莊家未開骰盅，股民都能離場。」

我也仔細讀過規則。

當莊家有好處也有壞處，好處是可以知道暗骰的點數，壞處是一旦內爆，莊家就無法全身而退。

與此同時，牆上的投影畫面會顯示表骰的加總，即是雲梯上的數字，燈神會沿著雲梯攀升上去。

照大媽的講法，這個指數叫「雲霄指數」，即是近似股票的即時報價，參賽者一旦沽貨離場，就可以根據指數的倍率來獲得投資的報酬。由於股票會不斷上漲，愈遲賣出的話，報酬理應愈高，但風險亦相對較高。

經紀男擲完三輪骰之後，牆上呈現這樣的記錄：

暗骰：■
表骰：⚅ ⚃ ⚁

經紀男提出很有意義的問題：
「請問我可以告訴大家暗骰的數字嗎？」
大媽毫不猶豫地回答：
「當然可以！這也是這遊戲精妙之處。就看看大家信不信你嘍。」
看來大媽並非一般的無知大媽，她能當得上主持人，真的相當熟悉這個遊戲的規則。
經紀男語氣堅定地說：
「我的暗骰是三點。如果大家相信我就跟注吧！」
若經紀男沒騙人，暗骰是三點，表骰的小計是十二點，現在的總點數就是十五點。
要不要繼續持貨呢？
TORO就在我的附近，他剛剛講的話也不無道理，不懂投資也沒關係，最重要是會跟單——我應付這遊戲的策略很簡單，就是目不轉睛盯著崴崴的平板電腦，我會跟著她來下單，複製她的下單指示。

我要跟她共同進退。

輸了的話，我還可以跟她一同乘船回去，在船上喝菊花茶聊聊天，說不定沿途還可以看見白海豚呢！

就在我作白日夢之際，崴崴已經在螢幕按下「沽貨離場」的按鈕，再壓下確定鍵做最後決定。

我也立刻跟著做相同的操作。

崴崴瞧見我這麼做，稍微解釋一下：「我是怕莊家騙人。表骰一超過十，對股民來說就會有危險。」

就在我和她決定收割離場之後，經紀男幸運地擲出了「三點」。

表骰是「十五點」，沒有爆點。

經紀男「噢耶」一聲大叫出來。

倘若經紀男沒騙大家，現在暗骰加表骰就是十八點，再加上三點也不會爆點。經紀男於是使用「三點骰」，結果擲出了「一點」，將雲霄指數再推高了一格。

「好了，莊家選擇到此為止，他要收手了。」

經紀男打開骰盅。

他沒騙大家，暗骰真的是「三點」。

投影牆上顯示揭盅的結果：

暗骰：⚂

表骰：⚅ ⚃ ⚁ ⚂ ⚀

最終的總點數是十九倍。

換而言之，只要一直持貨，等到最後跟莊家揭盅退出，暗骰加表骰，股民就可以獲得下注總額十九倍的投資報酬。

但由於我和崴崴在表骰「十二點」已經沽貨，所以我們的投資報酬僅是「十二倍」。

我押注一萬，贏回來十二萬。

一眾股民無驚無險一同收割成果，人人有錢賺，差別只是大家的投資報酬。我聽見場內有不少人發出懊惱的感歎，我很理解他們的心情，這局我也嫌自己的下注額太少了，雖然也是賺錢，但賺得比別人少就是不爽。

算了吧！

這一局等於是試玩，之後的十九局才是眞正的較量。

崴崴突然向我問起：

「你剛剛下注了多少錢？」

「一萬……」

「這麼少？早知道向你問清楚好了。雖然我叫你別加注，但想不到你的下注額這麼少。」

崴崴一言驚醒夢中人。

她說的沒錯，這裡有百多名參賽者，如果我的投資不夠進取，眞的很難登上頭十名的位子。

「這遊戲眞的有點像撲克牌的『二十一點』。」

小鬼玩完第一局對我們說出他的感想：「差別就是所有玩家都拿到同一副牌。與撲克牌不同，骰子最大的點數是六點，二十一減六是十五，所以十五是這遊戲的關鍵數字。」

崴崴想了想，也提出她的看法：「最大的差別是莊家吧？撲克牌的『二十一點』，莊家只負責發牌。但這遊戲的莊家也是競爭者，爲了爭取出線資格，他也有了欺詐的動機。」

咚！咚！

大媽又再敲鐘。

第二次的集資時間結束了。

我的總資金有二十一萬，這一局我下注一半的資金，即是十萬。

第二局的莊家是個平凡得我難以描述的哥哥。

他上台擲完暗骰，上而下盯著骰盅，就能看見骰盅裡的點數。那位哥哥上台擲完暗骰，台下有人查問暗骰的點數，他卻不肯透露。

「哎喲！不行啦！大家都知道了暗骰，這遊戲還有甚麼好玩？」

他好賤啊！

那一刻我也想通了一點，就是哪怕莊家說出暗骰的點數，也有可能是欺騙大眾的謊言。這個暗骰的點數正是莊家的「內幕消息」，他可以憑這個消息來加注，乘機獲取最大的收益。

莊家開始擲出表骰。

第一次，擲出的點數是「五點」。

我按下「跟注持貨」。

第二次，擲出的點數是「三點」。

表骰總和是八點，還未到危險的水平。

我繼續「跟注持貨」。

此外，投資畫面還有「加注」的按鈕，我可以隨時增加投資的金額，回報亦會乘以最終的倍率來結算。

到了第三次，莊家擲出了「六點」，然後他告訴大媽他要止賺離場。

「甚麼？這麼快就結束？」

我感到詫異。

投影畫面公開這一局的記錄：

暗骰：⚄

表骰：⚄ ⚂ ⚅

暗骰是「五」。

總和是十九點。

難怪莊家會選擇止賺離場。

由於十九加三等於二十二，使用「三點骰」仍會有爆點的風險，所以莊家在這一局放棄使用也是明智的決定。

這局大家都贏錢，但大家的投注額會造成報酬的差距。一如上個回合的情況，很多人都後悔沒有賭上更多資金。雖然擲骰中途可以加注，但莊家若是太早收割離場，到時候要加注根本爲時已晚。

這個遊戲比我想像中的刺激，兩輪在螢幕上觸指下注的時候，我體內的腎上腺素都好像飆出來了。

我玩了這兩局，也漸漸看出了眉目。

站在投資者的立場，當然希望一直持有股票，跟著莊家一起收割成果，以暗骰加表骰結算，賺取最大的利潤。

站在莊家的立場，當然要利用當莊家的優勢，藉著內幕消息（暗骰的點數）和財技（DOUBLE下注），以此賺取大幅拋棄對手的投資回報率。

股市賺錢的方法，就是利用人性的貪念。

均富是沒意義的，人人都要賺得比別人多，才可以在競爭之中脫穎而出。

對，重點就是要賺得比別人多！

在第三局開始之前，會長吩咐我、小鬼和崴崴加入他的HAIR DROP網絡。他可能憑著GAME 1參選會長時建立的聲望，加上他的厚臉皮和嘴巴工夫，這一局成功當上了莊家。

會長又用不知哪來的黏液梳起了頭髮。

「樂樂、小鬼，今天的我就是股壇大亨！我要成爲傳奇，留下世人永遠歌頌的傳說！」

說完這句話，他昂首闊步拿著M-PAD踏上前。

眾所矚目之下，會長要上台了。

5

現在是第三局，莊家是會長。

我現在總共有二百零一萬。

這局開盤時，我押注了一半的資金，即是一百萬。

會長不會令我失望吧？

正當我這麼想的時候，本來一臉認眞的會長有了變化。

他舉起右手，打了一下響指，荒腔走板地高唱：

「EVERYBODY DANCE NOW!」

下一秒，會長竟然用M-PAD大聲播放西洋搖滾樂，他彷彿搖身一變成爲派對的主持人，舞擺著藍色的夏威夷襯衫，配合著樂曲的節奏左扭右扭，歪著身探步邁向講台。

當這位莊家一伸手摸住骰盅，他已經完全控制不住自己的屁股，瘋狂地晃動自己的身軀，一頭亂糟糟的頭髮左右上下繞圈子擺動。

「現在請莊家擲出暗骰。」

會長做完兩遍下半身一抽一挺的怪動作，才伸手按下自動搖盅的按鈕。

——他是鬼上身嗎？

我目瞪口呆地看著會長的演出，覺得他完全代入了「喪心病狂的股壇大亨」這樣的角色。

最詭異的是公眾的反應，大半數人竟亢奮歡呼，人聲鼎沸的程度比得上演唱會現場。

「各位股民，我現在要擲骰喲呵～一命二運三風水！四積陰德五讀書！我擲骰的時候，請大家一同高呼——風生水起！」

「風生水起！風生水起！」

在眾人歡呼聲之中，會長擲出了「五點」。

投影畫面上的雲霄指數一下飆升五格。

會長立即跪在地上，朝天振臂舉指慶祝，也不知他在慶祝甚麼。

媽呀……

如果昨天的會長是忘了吃藥，今天的會長就是嗑了太多藥。

「各位觀眾，看著我的二頭肌，你們是不是感覺到一股奇妙的力量？就是賭神賜予我的最強好運！各位觀眾，我要擲骰啦！Let's Say NMSL——NAUGHTY MAN SO LUCKY!」

會長嘻嘻哈哈，用輕佻的語氣講話。

結果，他這次擲出了「五點」。

雲霄指數升上了「10」。

「嗷嗚～請大家跟我一起狼叫！我是華爾街之狼！嗷嗚、嗷嗚～大聲點兒！再大聲點兒！我擲骰的時候，請大家一起喊——幻彩詠香蕉，ROLL DICE 360！」

他到底知道自己在說甚麼嗎？

會長帶著七分瘋癲、三分病態，再加超越滿分的神經質，伸出舌頭壓下了擲骰的按鈕。

這次是「六點」。

也是很高的骰面。

「嗷嗚！」

會長興奮得在台上手舞足蹈，他轉身背對著觀眾極速脫褲子，瞬間露出了局部的肉臀，又極速拉起了褲子，再以意氣風發之姿面對廣大觀眾。

已經無人可以阻止他了⋯⋯

我凝望著投影畫面上記錄的點數：

暗骰：■

表骰：⚄ ⚄ ⚅

暫時，表骰的點數是十六點。

會長保持著氣勢，刻不容緩地說：

「各位股民，我現在要用『三點骰』啦！而且我要DOUBLE！翻倍翻倍翻倍！呵呵呵，大家跟著我吧！骰子擲出去，一起發大財！」

誰都看出這是使用「三點骰」的最佳時機。

會場的狼叫聲此起彼落。

我觀察四周，人人都雙眼發光，緊盯著台上黑得發亮的骰盅，一大口一大口喘著氣。

這些人都好像嗑了藥一樣的興奮。

沒錯，DOUBLE雙倍回報的誘惑真的好大。

只要表骰加總超過或等於十六點，莊家便可以賭上全部資金，即是所謂的「ALL-IN」，股民只要跟著「ALL-IN」豁出去，擲出的點數沒有爆點就能賺個暴漲再乘二，至少都會超過三十六倍。

表骰十六點，正是允許使用「DOUBLE下注」的最低點數。

發大財的機會來了，應該是毋須猶豫的吧？

我看著崴崴快手輸入「ALL-IN」和確認。

這個ＡＰＰ一旦輸入了投資指令，投資者就無法更改。

「嗷嗚！」

她狼叫一聲，單手高高舉起了M-PAD。

考慮的時間只剩數秒，一錯過成千古恨，我也盡快舉起自己的M-PAD，卻看見一個異常的狀況。

我的M-PAD已被輸入了「沽貨離場」的指令。

爲甚麼會這樣？

誰動了我的M-PAD？

6

一定有人碰過我的M-PAD。

正當我納罕是誰動手的小動作，目光一掠之間，我發覺崴崴對我暗暗打了個眼色。

——是她幹的？

我顯得不知所措，目光一覽四周，發覺大多數人都選擇了跟注。

你們被騙了！我很想大喊，但聲音卡在喉頭。

十秒結束。

「Kei-ka-ku-doo-ri（計画通り）……但我一點都不高興。」

崴崴又說出她的口頭禪，但這一次她的神色非但沒有半點喜悅，反而顯得愁眉不展。

根據遊戲規則，一旦使用「DOUBLE」，擲完骰之後一定要揭盅。

「三點骰」擲出的點數是「一點」。

「哇！一點！太棒了！」

有人歡呼出來。

重點當然不是一點，而是使用「DOUBLE」帶來的雙倍收益。

正當人人以爲可以結算豐收，卻聽見大會廣播：

「二十三點爆，血本無歸！」

投影牆上的燈神卡通圖升上頂點，然後像吹脹的氣球般全身爆破，爆開的肉碎特效消失之後，畫面呈現揭盅後的全部點數。

暗骰：⚅

表骰：⚄⚄⚅⚀

一陣躁動過後，立刻有人向會長破口大罵：

「你這個ＸＸ！ＹＹＹ！你明知已經內爆，還勾引我們傾家蕩產下重注？」

「ＸＸ」是禁止在青少年小說出現的詞語。

「ＹＹＹ」是一句問候語，現在誰也救不了會長的親生娘親。

極難聽的話語排山倒海湧向會長，但會長只是皮笑肉不笑地置若罔聞，一副事不關己的模樣。反正參賽者已出局了，他們便向會長扔鞋子，會長需要光頭男人護駕，才能狼狽留下狗命下台。

「ＹＹＹ祖宗十八代！」

「你的面皮厚得可以填海了！」

謾罵之聲沒完沒了，我活了這麼久，也是第一次聽見這麼多人同罵髒話，也見識到髒話詞彙有多不勝數的組合變化。

明眼人也看出來了，會長在喊出「DOUBLE」之前，暗骰加表骰的點數已是「二十二點」。

我可理解會長的心路歷程，當他第三次擲完表骰，已驚覺到出現內爆的狀況。他為了當莊家，好像已投入九成以上的資金，只要內爆就是完蛋，再玩下去也是毫無勝算。左右都是輸個精光，他反而裝腔作勢，臨死也要拉著一大堆人陪葬。

論做人的無恥程度，會長和陳道旗鼓相當，但會長有勇無謀，結果由正常人淪為病態賭徒，再由賭徒淪為過街老鼠。

會長就是個徹頭徹尾的人渣。

我呢？

我就是人渣的幫凶。

就算我保持沉默，我也不是甚麼好人。

對了，我想起了一件重要的事，這才趕緊向崴崴問：

「崴崴，妳剛剛不是跟注ALL-IN嗎？這樣的話，妳豈不是……」

「在比賽開始之前，我已和會長約定，如果賽局出現『DOUBLE』的情況，他和小鬼就會冒險跟進，而我和你就會退出。他察覺我受到注目的事，爲了掩人耳目，便建議我和小鬼交換平板電腦來用，所以我剛剛是用了小鬼的M-PAD來下單。」

腦後傳來了TORO插嘴的聲音：

「眞有你的！你們這個做法，就是應用了『對沖』〔註〕的概念呀！眞聰明哩！我好羨慕你們可以團體合作，採用這種兩面都是贏的策略。」

原來TORO剛剛察覺到不妙，也在表骰十六點時退出了，這傢伙眞不愧是投資高手。

「你剛剛爲甚麼懂得全身而退？」

我好奇他是怎麼看穿騙局，便主動跟他聊天。

「全靠《巴菲特在裸泳》這本書的投資錦囊，我才逃過了一劫。投資的第一原則是永遠不要虧錢，這句話是股神巴菲特的名言。寧可少賺，也不可以犯下致命的錯誤。遊戲中的『DOUBLE』等同現實中的『抵押槓桿交易』，風險極高，我當然不跟啊！」

看來TORO如魚得水，遇上這個遊戲眞是他的好運。

遊戲規定至少十六點才能喊出「DOUBLE」，代表有一定程度的風險。不入虎穴焉得虎子？風險愈高，回報也愈高，果然是人生的金科玉律。

雖然會長的所作所爲人神共憤，但多虧了他，我們這些保住資金的參賽者大大得益。如果他是一件垃圾的話，他就是發揮了垃圾的最大價值，釋放出最後最亮的光芒，幫我和崴崴排除了六至七成的競爭對手。

「你們加油。祝君好運。」

彷彿身處亂世之中，小鬼簡簡單單地祝福，瀟瀟灑灑地離場。至於會長，這傢伙簡直如同蟑螂般落荒而逃。

破產的人相繼出場，場內只剩下三十多名參賽者，當中包括陳道、女祕書和郭嘉，壞人果然最了解壞人，會長的賤招沒騙過他們。

這一回集資，會場瀰漫著一片互不信任的氣氛。

也難怪大家會提防，要是選出一個不誠實的莊家，跟著下注的股民都會倒楣。

註：金融術語，目的是降低投資風險。

集資時間結束，這回陳道出手，奪得莊家之位。

陳道終於上台了。

首先，他擲出了暗骰，當他窺看暗骰的時候，表情沒有絲毫變化，仍是一副似笑非笑的樣子。

接下來他擲出的都是表骰。

第一次，三點。

第二次，四點。

第三次，兩點。

第四次，六點。

現在的表骰已經有十五點。

「我現在要使用『三點骰』啦。」

眾所矚目之下，陳道喊出這句話，大媽也替他換上了「三點骰」。

陳道這種人，說謊就像呼吸一樣自然。

我當然無法看穿他。

崴崴也躊躇起來，與我都拿不定主意。

「根據我腦內模擬出來的結果，風險尚在可控範圍內，所以我決定繼續持貨。」

聽到TORO這麼一說，崴崴和我交換了一個眼神，隨即同時輸入持貨的指令。

咂、咂、咂！

骰子停下來了。

陳道使用「三點骰」，擲出來的點數是……

兩點！

本來有十五點，十五加二即是十七。

我望向投影牆上更新的記錄，證明自己沒有看錯和算錯點數。

現時，陳道的表骰已經有十七點：

暗骰：

表骰：

單看表骰已是有記錄以來最高的點數，就算陳道的暗骰是一點，他現在的總點數也至少有十八點。

「已經用完『三點骰』，他要退出了吧？」

我在心裡嘀咕。

正當人人都以爲陳道必定不再擲骰，陳道卻嘴角上揚，掀起惡魔般的得意笑容。

「DOUBLE！我要ALL-IN！」

這一刻的陳道就像如痴如狂的賭徒，向外舉起雙手，在台上狂笑。

「嘿、嘿、嘿！」

當他在M-PAD上輸入了指令，其他人就必須在十秒之內做決定，如果沒下單就是「跟注持貨」的意思。

只有這麼短的時間，眾多參賽者都無法反應過來，但有些人感到恐懼，當即下達「沽貨離場」的指令。

「誰要陪你瘋啊！」

到底這是甚麼玩命的玩法？

先用「三點骰」，然後再「ALL-IN」？

爆點的風險極高吧？

我腦裡也是一片混亂。

莫非陳道也是使出跟會長同一樣的伎倆，自知已經內爆的內幕，便誘騙其他參賽者一同陪葬？

倒數十秒轉瞬即逝，崴崴愣住了大約八秒，她忽然下定決心，也顧不得儀態，對著我疾聲呼喝：

「快跟！ALL-IN！」

我也沒有多問，立刻輸入指令。

螢幕上的按鈕早已自動變成了「ALL-IN」，如果我一按下，就代表我要跟著莊家賭上全部資金。

十秒結束，螢幕上的按鈕全部變成灰色。

咂、咂……

擲出來的點數是「兩點」。

這時候，牆上也顯示出揭盅的骰點：

暗骰：⚀

表骰：⚂ ⚃ ⚁ ⚅ ⚁ ⚁

「太厲害了！居然是二十點！沒爆呀！」

大媽尖聲評述，但大家都充耳不聞，目光只集中在陳道身上。

陳道就像指揮家一樣享受讚美，一邊仰首一邊向外舉起雙臂，一副陶然自樂的表情。

大多數股民都很後悔沒有跟注。

雲霄指數停在二十點的那朵雲，「DOUBLE」的標註字不停閃爍。

二十倍再乘以二，即是四十倍。

因爲是「ALL-IN」，這樣算出來的數字極爲驚人，基本上剛剛沒有跟注的話，就很難再在這場比賽裡翻身。

這一局是第四局，陳道已一舉拉開與其他參賽者的差距，他已經成爲這場比賽唯一的支配者。

儘管我有跟注，還是不由得發出驚歎：

「他……他的賭運怎會這麼強？」

「錯了，他的賭運並沒有很強。」

TORO反駁我的說法，繼續解釋：

「假設陳道知道暗骰是一點，他擲出四、五、六點才會爆點，但他只要擲出一點、兩點或三點，機會率是50％，他就可以登上現場所有人的頂點。在場還有三十多名對手，出線名額卻只有十個，50％的機率不算低，如果是我也會賭一把的！」

「你剛剛有跟注嗎？」

「當然有啊！如果我錯過機會，四十倍的差距很難追上啊！巴菲特說過，當別人貪婪時恐懼，當別人恐懼時我要貪婪……」

TORO這種人很適合當財經演員，要買股票有他的理由，不買股票也有他的道理，總之股票可升可跌，事後孔明一定是無敵的。

不過，他眞的道破了陳道的詭計。

這遊戲本來就是賭運氣，有二分之一的機會可以大勝，這樣的成功率當然値得放手一搏。

我冷靜下來，當然可以明白這樣的數學題，但在剛剛那短短十秒之間，眞的很難計算出這樣的結果。

崴崴成功跟注，她憑的應該只是直覺。

陳道一下台，偏偏不向寬敞的地方走，卻朝崴崴和我這邊走來。他擺明是要來尋釁滋事，故意晃到崴崴面前停步。

「你的衣服好醜。」

崴崴直接嗆話。

陳道只是淡定地回應：

「這是義大利『咕池』的時裝設計師爲我縫製的，我保證99%的凡人都買不起。」

平心而論，這一輪言語交鋒，我覺得陳道略勝一籌。

突然，陳道在崴崴面前捋起道袍的袖子，正以爲他有甚麼不軌的意圖，沒想到他只是光著左臂，展示左臂上的紋身。

那個紋身竟是一句話：

「與天鬥，與人鬥，其樂無窮。」

崴崴和我有點錯愕，一時說不出話。

陳道睥睨著崴崴。

「妳知道妳跟我的差別在哪嗎？」

「你是禽獸我是人類啊！」

陳道吭聲冷笑。

「眞幽默。禽獸嗎？對，我自小就在弱肉強食的環境長大，所以我充滿了狼性。狼，會埋伏，看準機會咬死獵物。我一嗅到機會就不會放過。我敢豪賭，而妳不敢，這就是我跟妳的最大差別。」

陳道爲了炫示自己的本事，竟在崴崴面前舉起M-PAD，讓我們看他的下盤記錄——由第一局開始，他每一局都賭上了全部資金，將自己置於一失手就出局的絕對險地。

「我的助理跟我，還有我的得力助手郭嘉，我們一開始已決定全部下重注。我們擁有強大的自信，就會擁有強大的好運。」

他說的也不無道理，要在芸芸參賽者中突圍而出，就得用上最極端最狠的法子。由始至終，這個人的目標都是支配所有人，成爲人中之龍，爲求目的當然要不擇手段。

論狠心，論無情，崴崴眞的及不上陳道。

我自己更加不值一提，參賽也好，做人也好，本人都是抱著玩玩的心態，得過且過胡混過日子。

「妳已經洞悉了嗎？這個GAME已經算是結束了。我們下一個GAME再鬥一鬥吧！別要讓我失望。SEE YOU！」

這個人是黑暗系的人生玩家。

勝不了的。

我看著陳道轉身離去的背影，心中冒出這種強烈的感覺。

7

第四局結束之後，毫無疑問，陳道正處於居首的位子，但由於這遊戲的投資回報倍率極爲誇張，所以幾百萬的差距也不是很大。

「崴崴，只要夠運的話，妳還是有機會追上的吧？」我嘗試鼓勵崴崴，她看起來有點低落。

「不可能。他已經贏定了。之後根本不用玩。」崴崴如此斷言。

結束了？不是還有十六局嗎？

隔了一會之後，主持人大媽上台宣布第五局開始。

由於人數變少了，集資環節比之前更快結束，陳道憑著龐大資金，蟬聯這局的莊家。

「樂樂，這局一開始，我們甚麼都不用多想，每次開盤就押注全部資金。」

對於崴崴的建議，我都深信不疑，就算她叫我吃米田共，我也會照做不誤，因爲那一定只是包裝成米田共的冰淇淋。

「這一局將會很關鍵。」

她不是說贏不了陳道嗎？幹嘛前言不對後語？

我費解萬分。

陳道上台擲骰。

一開始是暗骰。

出乎眾人意料，他竟然看也不看暗骰。

現在牆上的雲霄指數是零點。

在擲出表骰之前，陳道已經當眾宣告：

「莊家要退出。我不擲骰了。」

甚麼？

不僅是我感到訝異，場內也一陣騷動。

陳道掛著悠然自得的微笑下台。

由於莊家退出，這一局揭盅後開出三點，表骰是零，故此這一局的投資回報率就是三倍。我聽到其他參賽者慘叫之聲，才曉得他們很後悔沒在開盤時下重注。

「第五局結束了喲～現在大會公布富豪排行榜。之後大家透過M-PAD裡的APP，也可以查詢排行榜的即時資訊喲～記著啊！只有頭十名可以晉級，其他人都要接受淘汰的命運。」

投影牆上顯示總資金的排名，在遊戲系統裡「萬」這個單位會以「W」來表示，以此縮短金額長度。

第一位果然是陳道。

他以總資金「6931200W」居首。

女祕書和郭嘉以些微之差並列第二。

「陳道賭贏了第四局之後，他們那三個人的資金加起來，足以壟斷整個資本市場。只要他們每局一開始ALL-IN，全部人集資也搶不走他的莊家位子。他只要想當莊家，他就是永遠的莊家，永遠莊家都是贏家……」

崴崴面有憂色地向我解釋。

她以「802800W」居於第七名，稍微落後於第六名的TORO。

單看帳面，我是第十名……

然而第一局做莊的經紀男也是第十名，沒想巧合到好像雙胞胎兄弟考試同分一樣，他的資金總額竟跟我完全相等，皆是「204120W」這個數值。

崴崴說過，第五局將會很關鍵。

原來她擔心的是我，而不是她贏不贏得了陳道。

「唉！現在這個排行榜的排名，一直到第二十局，很大可能都不會有所變化。」

如崴崴所言，到了第六局，一眾參賽者洞悉了陳道的意圖，都在開局的時候紛紛「ALL-IN」，而我和崴崴當然採取了同樣的策略。

陳道一直當莊家，每一次擲完暗骰就下台，這樣一來必定永保不敗之身。後來，爲了方便上台，他索性坐在台下，那裡有女祕書準備好的椅子。

遇上我和經紀男平手的情況，大會到底會如何處理呢？我去問過大媽，她只說主辦商仍在討論，暫時未有定案，很抱歉愛莫能助。大媽說她可以換裝COSPLAY來幫我解愁，儘管她是出於一片好心，我還是婉拒了她的好意。

到底我和經紀男會同時出線？

還是會一同被淘汰？

我帶著忐忑不安的心情繼續玩。

到了第十二局，崴崴沉不住氣，過去向陳道下戰書：

「你有種跟我對賭一局嗎？」

陳道大模大樣地坐著。

「這是激將法嗎？太拙劣了吧！」

陳道當然看穿她的意圖，現在他連同女祕書和郭嘉晉級，在下一個遊戲將會佔盡優勢。倘若我過不了這一關，勢孤的崴崴要鬥過他將會萬分艱難。

陳道笑得眉飛色舞。

「現在我獨佔鰲頭，幹嘛要和妳對賭？妳有辦法逗我開心嗎？如果——妳跪下來舔我下面——的鞋子，我或許會考慮看看。」

太過分了！他怎可對女生說這種話？

我也看不過眼了，怒目瞪著陳道。

崴崴果然嚥不下這口氣，捏緊兩個拳頭憤然離去。

唉！

都怪我頭三局小家子氣，下注太少，才釀成如今的局面。

「崴崴，謝謝妳為我交涉，我很感動，但我不想妳拋棄自己的尊嚴。」

我真心感激崴崴。

「就看看大會怎麼處理。你還是有機會過關的。」

崴崴和我唯一可以做的只剩下等待。

資本市場的眞諦就是本金愈大的集團，愈容易控制整個市場。富者愈富，貧者愈貧，窮人不懂財技的話，就算中了六合彩也追不上市場大鱷的財富增長。

雖然每局只是一至六倍（平均數是三點五倍）的倍增，但複利滾存的增幅堪稱驚天地泣鬼神，這樣十多局下來之後，參賽者的差距亦變得極爲龐大。

GAME 3餘下的時間都是垃圾時間，陳道只是偶然在某兩局多擲了一次表骰，作弄一下大家的情緒。

大家繼續熬時間玩下去。

我一直關注排行榜，排名眞的不曾變動。

第二十局結束的時候，陳道的總資金高達一垓多W。

一垓即是數字「1」後面有二十個零，「W」就是在後面再補四個零……多虧了陳道，我才認識到「垓」這個中文數目單位。

經歷過這個「遊戲」的洗禮之後，我更加深刻體會到殘酷的事實——富人的資產永遠水漲船高，貧富懸殊原來是不可逆轉的宿命啊！

「兆」之後就是「京」，崴崴以一千京W的金額晉級。

我的金額和經紀男一樣都是三百多京W。

大媽竟然換了唐裝上台，手持一柄耍太極的桃木劍。

「恭喜已確定晉級的九名參賽者。現在尚有一個出線的名額，實在難以定奪呢！由於GAME 4的比賽人數規定是十個人，所以我們不會讓兩名參賽者同時出線。」

大媽招了招手，邀請我和經紀男上台。

上吧！

沒想到，我會成爲焦點人物。

當我們一踏到台上，場內就響起了鑼鼓齊鳴的古樂。

說時遲那時快，一左一右兩個男人，分別搬來了兩組桌椅。

我大概猜到了是甚麼回事。

待桌椅在台上的摩擦聲停歇，大媽當眾宣告：

「就來一場單挑吧！我最喜歡看猛男單挑嘍！擲骰鬥大，最接近二十一點者爲勝！」

8

這是我第一次不靠崴崴單獨應戰。

台上多了兩組桌椅，就是單對單的擂台。

我和經紀男面對面坐著，中間隔著兩張桌子。

他瞪著我，我瞪著他。

結果我先眨眼了，輸掉了這一場互瞪的較勁。

大媽站在兩桌中間，她手裡拿著桃木劍。

「這場單挑的玩法很簡單，就是各有一顆暗骰，再用GAME 3的方式擲骰鬥大，不用『三點骰』。輪流擲骰再一起揭盅，超過二十一點等於零點，平手就再來一局。首先，請台上兩位猛男擲骰，誰的點數較小將會先玩。」

我用骰盅搖骰。

揭盅後，我的點數是五點，經紀男是三點，所以由他先玩。

「先在此聲明，這場單挑是一局決勝。有請兩位猛男再搖一次骰，現在的點數就是你們的暗骰。」

咂、咂……

骰子碰撞的聲音在我耳邊響了一會，我心想感覺來了，就將骰盅按在桌面的黑布上，照著規矩抽離右手。

骰盅的頂蓋有個光圈，我由上往下一窺，就可以窺看盅內的骰點。

我的暗骰是四點。

至於經紀男的暗骰，我當然是瞧不見的了，也無法透過他的表情察知一二。

大媽將桃木劍揮向經紀男那邊。

經紀男起立，走向中間的講台，逐次按下搖骰的按鈕，然後由大媽揭盅公開骰點，牆上的投影畫面同步記錄骰點。

第一次是五點。

第二次是六點。

到了第三次，當骰子出現四點，經紀男就吃吃一笑，停止了繼續擲骰。在他的回合，他總共只擲了三次骰，便退回自己的座位。

最後，他的骰面是：

暗骰：■

表骰：⚄ ⚅ ⚃

表骰的點數是十五點。

我心算了一下，他的總點數有可能是十六點至二十一點。

大媽將桃木劍揮來我這邊。

眾人見證之下，我起立走向中間的講台，站在跟經紀男剛剛一樣的位置。

第一次，我擲出了兩點。

第二次，一點。

第三次，三點。

第四次，也是三點。

沒想到我擲出來的點數都這麼小，現在連同暗骰只是十三點。正當我期待可以這樣逐點穩步上漲，第五次卻擲出了五點。

四加二加一加三加三加五……

天呀！

總共十八點。

這是很尷尬的點數，不高也不低，繼續擲骰就有爆點的風險。

到了這一刻，我的骰面是：

暗骰：⚃

表骰：⚁ ⚀ ⚂ ⚂ ⚄

主持人大媽問我：

「要不要繼續擲骰？」

「請給我時間考慮一下。」

「沒問題，我給你兩分鐘的時間考慮。」

我有預感，我這一個決定，將會是影響勝負的關鍵決定。

看著經紀男的骰面和他笑咪咪的表情，我就知道十八點未必穩勝。

他的暗骰有可能是四點、五點或六點，這樣的話他的總點數就會是十九點、二十點，或二十一點。

要是我的點數停留在十八點，我就是輸了。

一顆骰子有六面，只要擲出「一點」、「兩點」或「三點」，我就能增加自己的總點數。

只有一種情況可以保證不敗，這就是擲出二十一點。

如果我繼續擲下去，擲出三點就是二十一點，擲出三點以上就是爆點。

機率是50％嗎？

雖然會場的冷氣很大，但我的手心冒出了冷汗。

——我該賭嗎？

突然，心血來潮。

我鼓起勇氣，回頭望向我的對手。

經紀男繞著臂，一副自信滿滿的模樣。

那一瞬間，我彷彿看透了他。

我覺得他不是甚麼好人。

要戰勝壞人，就要進入壞人的思考領域。

壞人的思考方式很複雜，但說穿了，他們就是無時無刻都在算計別人，挖陷阱給別人踩，以此獲得最大的好處和利益。

我不管機率，我只須揣摩對方的心理。

經紀男看來有點狡詐，這一局他有很大機會設下陷阱來坑我。

「夠了，我決定停止。不再擲骰。」

我深呼吸一口氣，說出我的決定。

有別於GAME 3的下注方式，一對一鬥點數的玩法截然不同。

是的，就算擲出二十一點，也未必是必勝……

只有當對方爆點，而自己穩奪安全點數，這情況才是必勝的。

骰點一超過十五點，就有內爆的風險。

這一局由經紀男先玩，如果我是他的話，只要一超過十五點就會停止擲骰，裝腔作勢來等對方自爆，這個做法才是必勝的做法。

總而言之，只要點數一超過十五，玩家就必須停止繼續擲骰，這樣做才是上上之策。

「好的！現在揭曉結果！」

大媽興奮大叫的聲音在會場之內迴盪。

我和經紀男定定地坐著，由兩名光頭男人分別揭開兩個骰盅。

怦、怦……

緊張的心跳令我受不了，我的目光彷彿一黑，才看見了經紀男那邊的骰點：

五加六加四加二是……

十七。

我賭對了！

經紀男只是在虛張聲勢，他總共才只有十七點。

「聰明反被聰明誤。」

看著一臉沮喪的經紀男，我悄悄吐出這句話。

大媽當眾宣布戰果：

「十八點對十七點！這場單挑由829號選手取勝！恭喜829號選手晉級下一輪的GAME 4！輸掉的小哥也不必難過，如果你要討抱抱，我可以給你抱抱喔~」

現場出現稀落的掌聲，我竟成爲了別人眼中的勝利者。

可以晉級GAME 4……

在我參賽前，哪想到自己能走到這麼遠？

這次不再是痴人說夢，一百萬的獎金竟然近在眼前。

煩惱皆由貪念起，我的心情變得很複雜，至今經歷的一切仍然很不眞實，以致我帶著搖晃不穩的腳步下台。

「樂樂，你進步了。」

崴崴眞心給我讚美，但她的語氣有一絲淡淡的無奈。

大會宣布一聲，其他參賽者離場，只剩下晉級GAME 4的強者留下來。

我看著其他人——

陳道、女祕書、郭嘉。

兩個小白臉。

TORO。

一個粗胳膊的高大男人。

還有一個戴著頭巾的印度人。

連同崴崴，我們就是最後十強的參賽者，即將在下午的GAME 4碰頭。我的第六感告訴我，這是一場你死我活的正面決戰……

GAME 4

黑心殺人

1

會長、小鬼和我要告別了，他們即將前往碼頭。

聽說在上船之前，所有參賽者都要簽署一份保密協議，不可洩露在這裡發生的事。大賽幕後的ＣＬＳ集團就是有本事追究到底，追緝到天涯海角，將當事人告上法庭。中學生哪有錢打官司？只好乖乖聽命。

臨走前，會長叫我和崴崴伸出掌心，崴崴不肯，只有我照做。然後會長也伸出他的掌心，抵住我的掌心，我知道這是武俠小說中的「傳功動作」。

「周紙樂，我將我今天的好運都傳給你，請你繼承我的志向吧！成爲魚秋水中學的台柱，爲我們的學校爭光吧！」

「嗯、嗯……」

我感到恥與爲伍，不停催促會長快走。

小鬼拿回了手機，雖然沒有訊號上網，但他的手機裡有些影片。他的二次元夢中情人代替了他本人向我送上祝福，用國語唸出「祝你今天幸福滿滿～」，嬌嗲的聲音滿好聽的，肌膚的上色也很有眞實感，令我一度面紅。

晉級的十位選手獲邀出席中午的高桌午宴，即是傳統英國貴族學校裡舉辦的端莊飯局。

我披上黑色的外袍，掛著白色的餐巾，拿著一副刀叉。

前菜的擺盤如同精緻的藝術品，瓷盤分為六格，各放著一道插花擺盤的小菜。吃完六道小菜，彷彿經歷了一遍六道輪迴，來往天堂又折返人間，我嚐到如此銷魂的滋味，開始懷疑過往的人生都在吃豬食。

主菜是甚麼？竟然突破我平面的想像，女侍應呈上3D立體的披薩，外殼如同天文館的半球體一樣。

上菜之後，女侍應拿起可媲美氣炸鍋的雷射槍，對準披薩的餅皮維持十秒的照射，然後神奇的事發生了，餅皮竟然冒起火焰！燒焦了啊！微焦的餅皮散發誘人的香味。大家都禁不住驚呼，連連拍掌嘖嘖稱奇。

那個米甚麼林的星級主廚解說，這道料理就是分子料理，融合了水裡游的、地上走的、天空飛的等十二種珍貴食材，分為液態、氣態和固態三種變化，再一一塞進披薩這個容器，保證好吃得令人神遊太虛。

待我享用完整頓午餐之後，竟然還有女侍應奉上漱口杯，她甚至說可以拿洗腳盆過來，爲我按摩一下我疲累的腳趾……這一切太夢幻了，夢幻得恍若天上人間。

如果有人看不懂我的描述，又或者覺得言誇失實，我只能很抱歉說一句——貧窮限制了你的想像。

GAME 4的比賽將於下午三時舉行。

大會提供貴賓級的休息室，當然，選手亦可以待在玻璃屋食堂。

陳道、女祕書和郭嘉都走了，似乎是要過去貴賓休息室。兩個小白臉的帥哥都離開了。偌大的食堂裡只剩下TORO、印度人、崴崴和我。崴崴決定留下來，原因是她很喜歡角落那張軟綿綿的三人座沙發。

我確實是有點緊張，暫別了崴崴，去了一趟廁所。

廁所是男人偶遇的場所，在廁所裡，我碰見那個粗胳膊的大哥。在我看來，這個人的長相有點老，老到大叔的程度，一點也不像中學生，我曾一度懷疑他是虛報年齡來參賽。

雖然他老氣橫秋，卻有一雙親切的大眼睛，會令人聯想到黃金獵犬。

「小伙子，你看來應該只是中三、中四左右吧？年紀輕輕就闖進了決賽，眞是自古奸雄出少年。」

這位大哥向我攀談。

唔……我是靠女人才一直過關的。

我當然沒說出這種丟臉的話，只是隨口回答：

「下一場會不會是決賽？大家一起努力吧！」

「這是我第四次參賽了。今屆終於能闖進GAME 4。根據往例，決賽應該是GAME 5……就算我過不了關，也想看看是甚麼樣的境界。」

第四次參賽？這比賽不是兩年一屆嗎……大叔，不，大哥，你到底唸了多少年中學吶？

我眞正說出口的話卻是：

「大哥，你爲甚麼會來參賽？」

「第一，我是眞心覺得好玩，這大賽讓我有所成長。第二，我是爲了禿頭堂……你有聽過禿頭堂這機構嗎？」

甚麼？禿頭堂？這是甚麼怪組織？

可能因爲我狐疑的神色，大哥立即娓娓道來：

「禿頭堂是個資助早禿青年植髮的機構。首先你要明白，光頭只是光頭，禿頭才是禿頭。光頭，不爲也。禿頭，就是不能長髮。現在醫學昌明，在嬰兒期已經可以檢驗出禿頭的基因，而我就是註定會禿頭的那種人。」

大哥講的話好奇怪……但竟然有股打動人心的力量，令我很想聽下去。

「除非很有錢，否則禿頭的男人很難泡妞。禿頭堂的堂友九成以上年過三十都未談過戀愛，多麼可悲！我們就是俗世眼中的魯蛇……我爲了證明魯蛇也可以有出息，可以勝過學界菁英，所以才不停參賽！禿頭不是原罪！眞愛才是永恆！」

嗯……年紀輕輕就禿頭，那種痛苦絕非常人可以理解，這點我不由得深表同情。

大哥接著告訴我一個網址，教我日後可以關注禿頭堂的FB和IG。他還說從沒想過自己能勝出大賽，但若僥倖贏得一百萬，一定會捐出一半以上給禿頭堂，慈善濟助早禿青年。

「很高興認識你，我叫大棠。」

大棠哥和我握了握手，忽然間，語重心長地說：

「朋友，我給你一個忠告——不論是贏還是輸，你都要保持自己的信念。我見過不少參賽者離開之後，很容易迷失自我。第一屆桌遊大賽的冠軍，他未唸完大學就輟學了，靠推銷加密貨幣騙了不少錢。第二屆的WINNER則去賣增高丸……希望我們都不會變成這種人吧。」

我想起出發前會長講過的話，跟大棠哥給我的忠告不謀而合。回到玻璃屋食堂，我和崴崴閒聊，轉述了大棠哥的話。

「果然如此。」

崴崴感嘆，令我不解。

對著我疑惑的眼神，她徐徐說下去：

「你還沒發現嗎？這場大賽的優勝者，並不會是眞正的贏家。」

「妳意思是說……這大賽沒有眞正的贏家？」

崴崴搖了搖頭，同時喊出「ＮＯ」。

「眞正的贏家是幕後的主辦商。主辦商的陰謀就是透過遊戲對每個參賽者洗腦。」

「洗腦？」

「最高明的洗腦，就是令你完全不自覺正被洗腦。這一切都經過精心部署，令參賽者覺得只是在玩遊戲。」

崴崴向我解釋洗腦的手段，主辦商一方面讓我們處於團體，讓我們有共同的目標，我們就會追隨團體的意志行動，逐漸變得順從。另一方面，主辦商又孤立我們，與外界斷絕接觸，這樣我們一旦參與活動，就會更加容易產生依賴性的羊群心理。

更關鍵的一點是睡眠不足，明明空閒時間那麼多，大會卻要求參賽者早起，這些規矩都是在創造有利洗腦的條件。

「很多手機遊戲和直銷集團都是用上這種攻陷心理的手段。我曾聽說有個直銷集團每年舉行大會前，都會要求參加者在會場外排隊三天三夜，目的就是要令參加者疲累。」

崴崴又說到，這場大賽中所謂的桌遊，運氣的成分都偏重，這樣就跟賭博令人上癮的原理一模一樣。

「要在一千多名參賽者之中脫穎而出，單靠運氣是不夠的。要順利過關，就要坑害對手，或者鑽空子，費煞心思尋找規則的漏洞。當我們有這樣的想法，正是掉入了主辦商的圈套。你回想一下，當你成功騙過對手的時候，滿腦子是不是感到喜悅？那一刻勝利的喜悅就會令你欲罷不能。」

她說的沒錯。

驀然間，我想起了酋長選舉結束時，有三名參賽者不甘受騙而怒瞪會長，他們的眼神充滿了被出賣的怨恨。我又想到崴崴霸佔要道的手段，就跟地產商惡意收購的惡行毫無二致，她也變成了自己討厭的人……還有股市集資坑人接火棒的騙局，更是不消多說……

這一切明明有違道德，但因爲是遊戲，我們竟覺得理所當然。

「他們就是潛移默化，令我們變成同類。」

崴崴這句話，有如當頭棒喝。

參賽者都是年輕人，即是未來的主人翁。

主辦商要是可以操縱他們，就是控制了社會的未來。

良知何價？

優勝者可以獲得鉅額獎金，但如果這筆錢可以購買他們的靈魂，繼而招攬他們入伍，一百萬這數目眞的算不上甚麼。

話說回來，現在我們經歷的一切，又何嘗不是社會上比比皆是的縮影？唯利是圖，爾虞我詐、背信棄義……這是多麼血腥的現實啊！

當我們認同了這一套，就會漸漸失去反抗的勇氣，更甚是道德墮落，日後亦變成了加害者。

勝出這個遊戲的「惡魔玩家」，在現實社會應該也吃得開。

主辦商就是需要這樣的人才吧？

「史金納是行爲心理學的大師，他有一個實驗叫作『SKINNER BOX』，又稱『操作制約箱』。通過獎賞和懲罰來加強刺激，就是心理學上著名的『增強效應』。這些遊戲，都是懲罰老老實實的參賽者，卻獎勵愛鑽空子、不擇手段的卑鄙小人。你有發現嗎？他們每次在比賽過後給我們安排美食，就是要加深洗腦的效果。」

我目不轉睛看著崴崴，默默沉思了一會。

「妳跟我同級。但妳懂得眞多哩。」

崴崴眼波流轉，雀躍地說：

「因爲我有關注一位叫癲航的網上作者，他都會很生動地講解心理學的故事！」

哦，原來如此。

爲了和她有共同的話題，我將來也要追蹤這位作者。

不過，就算察覺了眞相又如何？我們可以改變甚麼？我難以消去心中的無助感，苦著臉看著崴崴。

「這樣的話，我們還要繼續玩嗎？」

「到了這地步，我們只好玩下去啦。我覺得也快要結束了，只要我們彼此相信對方，就一定可以克服難關的！現下在我眼前的你，就跟幼兒園時的你一模一樣。」

崴崴眼中閃爍著對我的信任。

我好感動。

至少我不寂寞，她是我如手足般的戰友。

一想到這一點，我就彷彿有了堅定的意志，再疲累都不會動搖心中的信念。

就在此時，玻璃屋裡響遍了廣播：

「GAME 4即將開始，現在請參賽者前往集合點！」

2

GAME 4的比賽場地在頂層的盡頭。

那裡的格局像豪宅頂層的閣樓，如今換上黑漆漆的布置，幾盞大射燈照在中間的超大圓桌，營造出實驗劇場似的氣氛。望向上面，橢圓形的天花板肖似一個大鍋底。

整個空間只有一扇小窗。

房間的內牆是弧形的，呈現一種流線型的美感。如今，沿著整堵弧形牆排滿了十個直立式的暗室，高達兩公尺的狹間裡橫擱著一塊隔板，看來就像投票站的遮屏隔間。

繞著大圓桌有十張靠背椅，我們這十名決戰對手相繼坐下。

這張圓桌大到甚麼程度？

我坐在自己的位子上，伸直雙臂都摸不到鄰座的人。

驟眼間，大棠哥就在我的隔壁，他盯著對面的兩個小白臉，竟顯得焦躁不安，雙手握成了拳狀。我望向對面，小白臉一同直眉瞪眼看過來，明顯就是在鄙視大棠哥。

「大棠哥，他們是你認識的人嗎？」

大棠哥吞一吞口水，才說：

「他們兩個，來自『外貌協會』，都是S級會員。這個協會和禿頭堂一直是世仇，常常在網上罵戰。」

我聽了，啞口無言……

這個世上，到底還有多少我從未聽過的詭異組織？正值比賽，我也不便八卦打探下去，只是驚嘆香港地小仇人多，這裡又再出現一對宿敵。

場內的無線音響播出開場音效。

「請大家用口水舔一舔自己前面的座牌。」

模擬人聲發出奇怪的指示。

我拿起桌上的紙製三角立牌，舔了舔硬卡紙上圈住的空白部分。本來空白無色的紙面，漸漸浮現出數目字，如無意外就是隱形墨水的筆跡。

浮現在我面前的數目字是「1」。

「哈囉哈囉，各位人類朋友，請注意座牌上的數字，這就是你這一局的選手編號。嗶嗶，我親愛的人類朋友，我就是這一局的主持人——BLACK-HEART。」

一架遙控式空拍機飛到了圓桌的上方，垂吊放下一團黑漆漆的東西，竟是個像圓形垃圾桶的小型機械人。

機械人有個圓形底盤，容許它在桌上滑來滑去。

主持人是一個機械人？

眞是有趣，我猜有人在背後操縱它。

「嗶嗶，請問大家都喜歡自己的座牌編號嗎？嗶嗶，如果大家想跟別人換，只要雙方同意，交換號碼是可以的。」

在GAME 2的時候，我的號碼也是「1」。迷信也好，自我安慰也好，我覺得這是我的幸運數字。

我看一看崴崴，她的號碼是「6」。

陳道的號碼是「7」。

鬈髮的小白臉坐在他的隔壁，一直盯著他的座牌。

「我可以跟你交換嗎？」

陳道莞爾，問一問：

「爲甚麼？」

小白臉仰起下巴回答：

「七是我的靈魂數字。我在外貌協會裡的外號，就是『人間美男柒號』。」

陳道想了一想，答應了這個要求。

美男柒號的朋友，即是那個染髮的小白臉，費盡唇舌之後，他也換來了「8號」的座牌，原因就是他的外號叫「天仙美男捌號」。

機械人BLACK-HEART發出電子聲音：

「嗶嗶，你們都是最後十強，踐踏著一千多個失敗者的殘骸，即將邁向全港中學生的頂點！親，真的好棒，這是非凡的成就，請你們給自己熱烈的掌聲吧！親，要繼續往上爬，GAME 4就是高手玩家的巔峰對決！」

這次的遊戲簡介影片，竟然直接投影在圓桌的桌面——

自從夜空下過一場血雨，

和平市就出現了一班黑心人，

每當到了三不管的黑夜時分，

他們的嗜殺基因就會發作，

無差別濫殺無辜的小市民。

在一個黃色警報的暴雨夜，
警長看著直線上升的謀殺率，
眉頭深鎖繼而怒髮衝冠。

他已經忍無可忍了！
他生氣到全身要爆炸了！

最棘手的難題是黑心人身分詭祕，
他們擅於混入市民群眾之中，
只有殺人時才會暴露眞面目，
所以警方至今無法瓦解整個「黑心集團」。

就在此時，警長室的門被推開了。
兩名肌肉賁張的軍裝男人邁步進來，
他們分別自稱是「戰狼」和「國防特務」！

正義的戰士加入警方的正義陣營，
再配合「黑心集團」通訊群組裡的臥底，
結局到底是成功逮捕所有黑心人，
還是反被這股邪惡勢力吞滅呢？

影片結束，四周射燈再度亮起。

一眾選手都可以看清楚彼此的表情。

「嗶嗶，今次的遊戲叫『黑心殺人』，這是一場分成兩派陣營的比賽。系統將會在你們十個人之中，隨機抽出其中三個，讓你們歸入『黑心集團』的陣營，而其餘七個人全都屬於『正義聯盟』。」

BLACK-HEART發聲的時候，桌面上出現關於遊戲規則的投影。

「這是個較量口才、推理和分析能力的遊戲。在一開始的時候，上場的選手都不知道彼此的身分，這也是最好玩的地方。這遊戲分爲白天和黑夜，在白天的時候，大家圍著圓桌輪流發言，每一局發言完了，就會進入『法庭投票』的環節，尚在場上的人就要投票，舉牌淘汰一人。」

哦！我知道這遊戲的原型。

儘管我對桌遊無甚興趣，也曉得近年有一款叫「狼人殺」的桌遊很紅。這遊戲是由中國大陸那邊捲起熱潮，對那邊的老百姓來說，最大的賣點就是可以體驗投票的樂趣。

「嗶嗶，正義一方的勝利條件，就是要成功驅逐三個黑心人。黑心人就要憑出色的演技來掩飾身分，在白天誘導好人錯誤投票。白天結束之後，就是黑夜時分，雖然黑心集團的人數較少，但黑心人可以在黑夜密謀殺人！」

BLACK-HEART的聲音壓低了一個音階。

「這遊戲其實是由黑夜時分開始。黑心人互不知道對方的身分，但可以在黑夜時分透過通訊軟體聊天——這時候，所有選手都要進去『暗室』，即是大家現在看見靠牆那邊的遮屏隔間。大家可以在暗室裡使用M-PAD，而黑心人可以進入一個叫『GG』的聊天群組，除了互傳訊息，也要投票決定密謀要殺的對象。只是黑心人未必可以暢所欲言，因爲群組裡是有臥底的喔！臥底可以在通訊群組留言，但他沒有殺人的投票權。」

咦！這樣的玩法頗特別的。

在白天，黑心人要誣陷和冤枉好人。

到了黑夜，就輪到臥底離間和分化黑心人。

眞是個爾虞我詐的遊戲啊……這種遊戲玩多了，眞的會疑神疑鬼，搞不好人格分裂。

「嗶嗶，每位選手在這個遊戲都會被分配一個角色，有些角色會有特殊能力。首先，我要介紹一下正義聯盟的陣營。請大家看著，正義一方的角色隆重登場！」

白光一掠，桌面上出現介紹角色的投影。

【正義聯盟陣營】

◆警長：可以擋下一次暗殺，包括戰狼和黑心人首領的垂死一擊。如果是因法庭投票而離場，就無法啓動能力。

◆臥底：潛入黑心集團的GG聊天群組，可以參與討論，但沒有密謀暗殺的投票權。

◆特務：具備兩種能力：①可以拯救一次在黑夜時分被暗殺的對象；②可以在黑夜時分毒殺一名指定的對象。

◆戰狼：一旦被趕出場，就會發動特殊能力，可以暗殺一名指定的對象。

◆市民一：沒有任何能力的平民。

◆市民二：沒有任何能力的平民。

◆市民三：沒有任何能力的平民。

「嗶嗶，正義聯盟的取勝條件很簡單，只要抓光所有黑心人，將他們幹掉或者趕出場，正義聯盟就會獲勝。大家看懂了嗎？除了靠法庭投票的手段，還可以利用特務和戰狼的技能來解決黑心人。擁有特殊能力的角色，他們在這遊戲的表現將會舉足輕重！」

一陣白光掃過，桌面的投影替換了別的畫面。

畫面中的角色都蒙著臉，形相齷齪，胸口有顆黑心。

【黑心集團陣營】

◆黑心人首領：在GG聊天群組的帳號會有皇冠圖示。一旦被趕出場，就會發動特殊能力，可以暗殺一名指定的玩家。

◆黑心人一：GG聊天群組成員，可以參與討論。可以投票選擇密謀暗殺的對象。

◆黑心人二：GG聊天群組成員，可以參與討論。可以投票選擇密謀暗殺的對象。

「嗶嗶，黑心集團的角色比較簡單，都是以首領爲主。在聊天群組裡，首領的帳號旁邊會有皇冠標示，只有他的身分是不容質疑的。首領最重要的事情，當然是要帶領夥伴揪出臥底，群組裡會有A、B、C三個角色，其中一個就是臥底。」

不知道爲甚麼，我覺得黑心集團的角色有點偏弱。如果可以任由選擇的話，我會比較想進正義聯盟那邊的陣營。

「嗶嗶，黑心集團的勝利條件有兩種方式。第一種就是殺光全部有能力的角色，即是警長、臥底、特務和戰狼。第二種方式，就是殺光所有市民。只要達成以上其中一個條件，我們就會立即宣判黑心人一方勝利。」

說到這裡，BLACK-HEART也差不多講解完畢。

「黑夜白天，白天黑夜，如此循環，直到分出勝算爲止。大家有問題的話，現在不妨可以問我。」

首先舉手的人是TORO。

「請問GAME 4是決賽嗎？會不會有GAME 5？」

問得好。這確實是很多人都關心的問題。

「這有可能是最後一個遊戲，也有可能不是，一切視乎勝方而定。」

BLACK-HEART彷彿具備人工智能，很快用官腔回答：

「如果三個黑心人勝出，他們就會立刻成為大賽的優勝者。因為有這樣的好處，如果你抽中當黑心人，你應該感到幸運喔！」

真的嗎？我心中存疑。

接著舉手的人是郭嘉，他向BLACK-HEART發問：

「如果只剩一個黑心人，他再殺一個市民就能取勝，但特務在黑夜時分毒殺了黑心人。這樣是哪一方取勝呢？」

「這樣的話，就是正義聯盟取勝，特務就會成為英雄。因為在黑心人動手殺人之前，他們已經毒發身亡。」

我不得不佩服郭嘉，他的頭腦很清晰，摸清楚了遊戲規則，才問得出這種細節上的問題。

陳道、郭嘉和女祕書組成的陣線，只憑崴崴和我可以擊破嗎？

我開始盤算——

當正義一方該怎麼玩？當黑心人又怎麼玩呢？

理解了遊戲規則之後，就要設想如何營造最大的贏面。遊戲規則有沒有漏洞？有沒有暗算對手的灰色地帶？

想到這裡，我忽然心裡一凜。

——他們就是潛移默化，令我們變成同類。

我在不知不覺間也墮落了。

這眞的是純粹玩玩的遊戲嗎？與龐大的利益掛鉤之後，大家都會勾心鬥角追求勝利，內心最黑暗最醜惡的部分就會浮現出來。

我也改變了初衷。

本來我是覺得輸了也無所謂，但到了現在，我開始挖空心思追逐勝利，竟然暗暗祈求會有好運，讓系統將我分配到較強的陣營。

唉——

我長嘆一口氣，望向室內唯一的小窗。

外面傳來一聲巨響。

轟隆的雷聲。

昏天黑地，暴風雨欲來。

室內，腥風血雨的決戰拉開了序幕。

誰——可以留到最後？

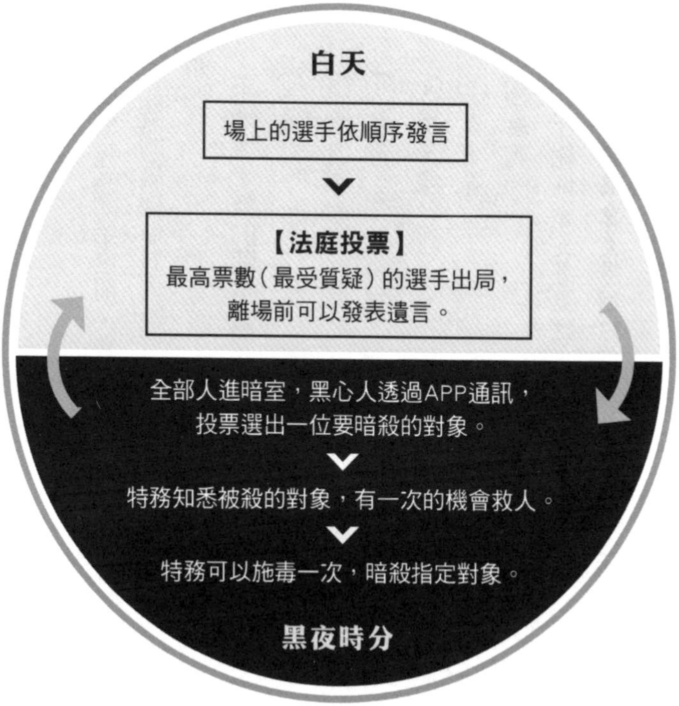
白天
場上的選手依順序發言
【法庭投票】
最高票數（最受質疑）的選手出局，
離場前可以發表遺言。
全部人進暗室，黑心人透過APP通訊，
投票選出一位要暗殺的對象。
特務知悉被殺的對象，有一次的機會救人。
特務可以施毒一次，暗殺指定對象。
黑夜時分

黑夜結束，主持人公布昨晚死亡的人。

（選手立即離場，沒有發表遺言的機會。）

正義聯盟勝利條件： 掃清場上的三名黑心人

黑心集團勝利條件： 1）殺光場上的市民

OR

2）殺光所有特殊能力者

3

遊戲正式開始之前，我們依照各自的座牌，順時針繞著白色的大圓桌坐下。

六號的崴崴與我對望，遠是稍微遠了一點，但我相信我們之間的羈絆不會因爲距離而斷開。

不過，十號的陳道就在我的右手邊，這一點眞是令我討厭。

①我
②印度人
③郭嘉
④TORO
⑤大棠哥
⑥崴崴
⑦外貌協會美男柒號
⑧外貌協會美男捌號
⑨女祕書

⑩ 陳道

明明在玩遊戲，卻沒人笑得出來。現場瀰漫著決戰的氣氛，大家的面色都很凝重。

戴太陽眼鏡的光頭男人進來，逐一向在座各人派發M-PAD。

等到人人都有一台M-PAD，主持人BLACK-HEART便發出指示：

「嗶嗶，在你們面前的M-PAD，基本上是一台普通的平板電腦，但加密的相簿會顯示你們的角色身分。在此之前我們已採集了你們的指紋，只要你們用指紋解鎖，便可以打開加密的相簿。」

BLACK-HEART閃了一閃，繼續發聲：

「嗶嗶，值得注意的是，M-PAD安裝了『GG通訊』的APP，只有黑心人和臥底可以啟動。這台M-PAD就送給你們啦，你們愛怎麼用就怎麼用。這一刻，我宣布比賽正式開始——大家現在可以拿起M-PAD看身分啦——」

決戰的時刻終於要來了。

我拿起面前的M-PAD，使用自己的指紋解鎖。

雖然圓桌大得離譜，鄰座難以偷窺我眼前的螢幕，但我還是使用雙臂遮擋，才小心翼翼按指點開相簿。

我的角色是……

蒙臉男人的胸口有顆黑心。

黑心人！

當我看牌的一刻，我覺得自己整張臉都僵住了。

這時候我才意識到遊戲早就開始玩了，我好不容易才恢復冷靜。

陳道似乎還未揭開平板電腦的保護蓋，而是一直東張西望，很明顯是在觀察其他人的表情。

糟糕……

他剛剛有沒有察覺到我的異狀呢？

我的角色是黑心人。

場內還有一個人使出跟陳道一樣的招數，沒有急著打開平板，而這個人就是崴崴。

陳道對著崴崴笑了笑，才打開一條小縫，窺看自己的平板螢幕。他露出曖昧的笑容，接著很快就蓋上保護蓋，像他這種城府極深的人，一舉一動都令人無從捉摸。

崴崴看螢幕前是一張臭臉，看完螢幕也是一張臭臉，喜怒不現於面色。我期待會跟她四目交投，但她瞧也沒有瞧我一眼。

她是正義聯盟一方？
還是也是黑心人？
我當然暗暗期待是後者。
不管如何，這次我也要抱著心理準備，靠自己的實力來玩這一局。

——**現在天黑了。**

會場的音響播出模擬人聲和效果音。
霎時，室內的燈光漸漸變暗。
「嗶嗶，大家都清楚自己的角色了嗎？首先，比賽由黑夜時分開始，黑心人會有五分鐘的時間商量暗殺的對象。正義聯盟的人都要陪著等，你們無聊可以玩一玩M-PAD，假如你還有這個心情的話，哈哈。」
BLACK-HEART停頓了一秒，又再發出電子聲音：
「嗶嗶，現在請所有人前往暗室。」
當室內變成全暗之後，牆邊的直立式隔間自動開啓小夜燈，頂部的橫額呈現「1」至

「10」的螢光色數字。

我們一眾選手起立，各自走向自己號碼專屬的暗室。

狹間就跟時裝店的更衣室一樣，有黑色不透光的布簾可以拉上。

五分鐘的通訊時間開始倒數。

我準備就緒，立刻啓動通訊ＡＰＰ。

在群組裡，我的代號是「Ｃ」。

Ａ：hi

Ｂ：Hey Man

Ｃ：我是Ｃ

♛：好，大家都一一確認身分了

♛：看來只有我的身分是確定的。首先，我們要殺的人一定是臥底線人。殺完他，我們黑心人才能在此公開身分。

Ａ：agree

Ｂ：Agger

C：有道理

A：我們要殺甚麼人，就由首領來決定吧！首領講一個號碼，如果我們都毫無異議，就表示殺的不是群組裡的人

♛：等我想一想

「B」會用「Agger」這個網上潮流用語，我猜他是男生。

此外，首領的身分得到皇冠的認證，所以臥底必定是「A」和「B」之中的一人。

問題來了，就算我知道這樣的情報，我又該怎麼做，才能令首領相信我？臥底不會不打自招，當然也會冒認是黑心人，所以我在首領的眼中，必然也是值得懷疑的對象。

我臨場玩才發現，假亦眞時眞亦假，臥底就是黑心集團裡的一口釘。如果臥底懂得玩分化，他絕對可以散播猜疑，讓黑心人整死自己人。

♛：我認爲我們今晚還是要投票殺人。

♛：要取勝的話，我們一定要向市民下手。正義聯盟有四個特殊角色，那個警長還可以擋一次刀。要出手五次才能殺光特殊角色，眞的難過登天。

♛：相反啊，市民只有三位，殺三次就夠了。顯而易見，我方能否取勝的關鍵，就在我們能否殺對市民。

C：說得好!!

A：100% agree

B：Agger

♛：爲免誤殺自己人，我現在會喊一個號碼，如果大家沒反對，我們一起對這個號碼輸入殺人指令。

A：好的。請指示

B：no problem

♛：6

A：我ＯＫ

我記得，六號是崴崴的號碼。

現在騎虎難下，就算她是我朋友，當大家都贊成投票殺她時，我也不敢揚言反對。

細心一想，既然崴崴不是我方的人，她就屬於對面的陣營。

特務有一次救人的機會，他應該會救自己人吧？

其實，當我知道崴崴很大機會成爲敵人，我眞的難掩失落的心情。曾經陪我共度難關的夥伴，現在要被安排在遊戲的戰場上對陣廝殺。

沒有崴崴的幫忙，我眞的有可能贏嗎？

嗶——

五分鐘的通訊時間倉促，群組裡眞正的黑心人都在顧忌臥底，在餘下的時間也討論不出甚麼好的策略。

我們唯一達成的共識，就是輸入了殺六號的指令。

唉……

按下確定鍵的一刻，我暗自嘆了口氣。

就算崴崴屬於對面的陣營，我也替她擔心。

她能活下來嗎？

就這樣，第一晚的黑夜時分結束了。

4

到了黑夜時分的尾聲，場內發出廣播，傳進了我身處的暗室。

——他被殺死了。特務救不救人？

根據遊戲規則，不管有沒有人被殺，遊戲的控制中心都會循例這樣問，作用應該是提醒特務這角色操作M-PAD。

——特務要不要使用毒藥？

燈光亮了，穿透暗室上方的網板，如晨曦的暖陽般照進來。

我撥開布簾，離開一號暗室。

其他人也陸續出來，盯著桌上的立牌號碼，朝指定的座位走去。

一眾參賽者圍著圓桌分隔而坐。

由小窗可見，外面下起大雨，而且是狂瀉如注的暴風雨，劈劈啪啪的雨聲穿透天花板，呼呼的強風更吹得飄雨掃進來。

——昨晚是平安夜。沒有人死亡。

太好了。

我暗自鬆了口氣。

由此可知，特務在剛剛的黑夜救了崴崴。我們黑心人這一手算是賭對了，逼使特務用掉了救人的機會，他下一次就不能再救同伴。

BLACK-HEART機械人在桌上滑來滑去。

「嗶嗶，在開始發言環節之前，順便教大家一個術語——跳身分，即是表露身分的意思。有能力的角色跳身分，就可以避免大家在法庭投票投錯人。當然，黑心人也可以『悍跳身分』，假冒良民，騙取大家的信任。親，我們可以開始了～」

我坐在一號的位子。

左手邊的鄰座是印度人，右手邊的鄰座是陳道，我最喜歡偷望的崴崴就在圓桌正對面。

我們的選手號碼代表了發言順序。

所以，每一局都會由我開始，順時針輪替講話。發言期間，選手可以暢所欲言，盡量說服其他人，而我更要小心謹慎，不可自爆是黑心人。

BLACK-HEART轉過來我這邊，發出指示：

「現在請一號選手發言。」

說謊，就是要我不誠實使用大腦。

對我來說是經驗有限的難事。

既然我不會說謊，我就裝瘋賣傻耍白痴好啦！這也的確是我的專長。

原來圓桌的十個定點都掛上了迷你麥克風，輪到我發言的時候，麥克風就會自動開啓，將我的聲音傳送到場內的音響。

「唉呀，想不到我是第一個發言……其實我是第一次玩這樣的遊戲，請大家多多包涵。因爲我是一號的位置，我所知道的情報非常有限，所以……我盡快退位讓賢，交給資深的玩家說話吧！哈哈，我真的想不到要說甚麼。有了，我要說一聲——I LOVE HONG KONG！」

我這番話句句都是眞心話，所以應該沒露出破綻吧？

這也是我臨時想出來的應對辦法，盡量講眞話，偶爾才摻雜謊言。

接下來輪到二號的印度人發言：

「剛剛一號發言時有點緊張，不過念及他是第一個講話，這樣看來也很正常吧？他講話的節奏是三拍半，中間停頓了兩次，第一次是0.7秒，第二次是0.5秒，胸口總共起伏了四次。這些細節可能無傷大雅，但我畢竟有點懷疑。是因爲他眞的是第一次玩嗎？在我看來，他是半好半壞，我要在下一回多聽他講話，才能判斷他是不是黑心人。」

這個印度人也太挑剔了吧？

想不到他口齒伶俐，尾音清晰字正腔圓，廣東話講得比我還要好哩。他剛剛的發言凌厲，眞的害我心跳停頓了一下，嚇出了一身冷汗。

無論對手如何攻擊我，我都不能自辯和反駁，頂多只能用面部表情來做回應。只有輪到自己發言的回合才可說話，這是所有選手必須嚴守的規矩，否則將會遭受DQ的懲罰。

三號的郭嘉一直左顧右盼，到了他發言的時候，便說出自己的觀察心得：

「剛剛的夜晚出了點狀況，黑心人拿不定主意殺人，又或者殺人失敗。我猜黑心人一方應該很迷惘，他們亂槍打鳥，說不定會殺錯自己人……不久前我由暗室出來，發現有人露出苦惱的表情。我會再觀察一局，緊緊盯著那個人，他只要一露餡就會被我抓包……」

天呀！

原來連出入暗室的時候黑心人都要保持戒心，才可以蒙混過關……玩這個遊戲真的很折磨人心。

話說回來，這個郭嘉的確很會施壓，他那番話好像在引蛇出洞，總之我對著他都要提心吊膽。

下一個，四號。

TORO喋喋不休說了好多話，重點只有一句：

「請相信我，我的身分是市民。我是無辜的，和黑心人沒有半點關係。請大家不要投錯票，殺錯良民！」

TORO一開始表露身分，就是要劃清界線，以免大家在投票環節趕他出局。

這傢伙是牆頭草，他未必會站在我們這一邊。但他在上一回合曾和我們來往，若他投靠到陳道那邊，也未必會獲得信任。

五號是大棠哥。

「我也是市民，所以我所知的情報也是有限。聽完之前的發言，一號、二號和三號在我眼中是偏好的。至於四號，我覺得他講話時稍微急促，所以我將他放在我的懷疑名單……還有喲，我覺得呢，有特殊能力的正義使者可以表態，有更多情報的話，對正義一方應該更有利吧？」

出乎我的意料，崴崴的發言極爲簡短：

「我是好人。就這樣。」

繼她之後，就是七號的美男柒號。

「大家看我哪，我就是美麗的化身，怎麼可能是醜陋的黑心人呢？黑心人是老鼠，是臭蟲，是蟑螂，是必須消滅的癌細胞。黑心人都不得好死！我都已經咒罵到這個地步，我怎麼可能是黑心人呢？呵呵~我的身分是市民，一個好市民。」

美男柒號掩著嘴巴，不時發出「呵呵」的笑聲。

下一個，八號。

美男捌號很專心使用M-PAD，本來我還以爲他在做筆記，直到他斜舉M-PAD撥弄頭髮的時候，我才知道他一直在照鏡。

「像我這種器宇不凡的俊男，這遊戲竟然給我市民的角色。我心裡真的很不舒服！除了勉強繼續玩，我還有甚麼辦法？請勿懷疑，我就是市民。」

聽到這裡，相信大家都發現了——

這遊戲明明只有三名市民，卻有四人自稱是市民！

即是說，當中至少會有一名騙子。

雖然本人是黑心人，但我聽完其他人的發言，至今仍是一頭霧水。

在場的十個人之中，到底誰是我的同伴呢？

黑心人的角色好難玩呀！

下一個，九號，女祕書。

「很明顯有人假冒成市民吧？抱歉我看不清眞相。之後十號負責歸納，我期待他可以成爲一盞明燈，指引大家如何投票。最後，我要強調一句，我是正義聯盟的人。」

女祕書的發言乏善可陳，重點與我之前的想法一致。

最後一個發言的人是陳道。

他這個十號的位置，給我的感覺就像把守尾關的門將。這是一個很有利的位置，他可以在聽完所有人講話之後，來歸納出貫通大局的總結。只要他領導有方，他所屬的一方將會有很大的勝算。

沒想到陳道最先盯上的人是我。

「比賽前，我瞧見一號和五號在廁所聊天。一號啊，你以為五號是真心跟你交朋友嗎？他跟你拉關係，只是利用你呀！因為他自知勢孤力薄，才拉攏看來最天真的對手，即是你，一號。」

我鼓起勇氣瞧了瞧大棠哥，雖然他不可以說話，但他很猛烈地搖頭，盡力表示自己是受到了誣賴。

大棠哥會不會在騙取我的同情？

儘管這招明顯是離間計，陳道那番話的確影響了我。

「我有個建議，這一局我們都不要投票。我們正義一方有臥底在黑心人的群組，臥底這一局還沒有跳身分，我相信他會繼續潛伏，之後帶來更多的情報，而我們也不用著急。這裡有三個黑心人，七個自己人，殺錯自己人的機會率比較高。黑心人很想我們亂投票吧？所以，我們千萬不要中計。」

陳道真的很強。

他每一句說話都有舉足輕重的力量。

到了首次的「法庭投票」，幾個光頭男人進來，向我們派發貼著號碼牌的小旗，分別有「1」至「10」號，正是十位選手的代表號碼。

眾人面面相覷，都沒有人敢舉牌。

結果，沒有人被逐出場。

——現在天黑了。

在眾人進去暗室之前，我盯了小窗那邊一眼。

房間裡只有一扇可見的小窗，比起我剛進來的時候，窗框外的天色更昏暗了。

忽然有閃電掠過窗口。

下一秒，轟隆隆的雷聲如同怪物的咆哮。

雨勢一發不可收拾。

彷彿有一片看不見的黑雲倏起，罩覆著整個閣樓，迅風暴雨亦疾掩而至，窗外變得朦朧不見一物。

大雷雨啊。

我聽著傾盆如注的雨聲，心裡一片茫然，堆滿了未解的謎團。

5

♛：很高興看見大家平安無事！

C：市民現身了。我們先殺誰？要投票嗎？

B：你白痴啊？在這裡討論，臥底就可以反推出黑心人的身分

♛：B說得對

A：要像上一局講號碼投票殺人嗎？請首領作主

♛：我還在想

A：我建議繼續投票殺六號

C：我反對。十號比較危險，應該先殺他。

A：你包庇六號。你心裡有鬼嗎？

C：我一說十號你就轉移話題，你才值得懷疑吧？

B：夠了！你們不要怨婦式內鬥！6和10都不像民。要贏，一定要屠民吧？

果然吵起來了！就算臥底沒有挑撥離間，單是我們互相猜忌，這樣已經可以令黑心集

團從內部開始瓦解。

首領在群組裡有皇冠圖示，他的身分不容置疑，而我本人是C。

到底A是臥底？還是B是臥底？

好煩呀！有沒有辦法可以引出臥底呢？我腦袋不好，唯有寄望首領和另一位黑心人解救……

♛：四名市民之中，其中一名一定是我們的人。不變應萬變，我們這一局還是不要投票殺人。

B：兄弟潛水，各自行動。

「B」留下匪夷所思的一句話，整個通訊就結束了。

我沒有選擇要殺的對象。

也不知首領和另一個黑心人有沒有投票。

——他被殺死了。特務救不救人？

我心頭猛然一動，忽然才想起，即使沒有人被殺，遊戲的控制中心都會循例播出這樣的錄音。

——特務要不要使用毒藥？

當特務的詢問流程結束，室內的燈光又亮起了。

一眾參賽者走出外面，我們各自回到圓桌那邊的座位，整個過程就跟上一局一樣。

這時候，大會的廣播宣布：

——昨晚是平安夜。沒有人死亡。

我不禁嘆了口氣，儘管是無聲嘆氣，我感覺好像當眾裸露一樣尷尬，偏偏我是第一個發言，所以人人的注意力都在我的身上。

我硬著頭皮開始發言。

「我眞的不會玩哩。大家可能認爲我有嫌疑，因爲我是眞的緊張啊！每個人都有第一次，第一次總會緊張的吧？請大家相信我……」

說得愈多，錯得愈多，我三言兩語盡快結束發言。

這樣玩下去會有眞相嗎？

正以爲這一局又是僵局，沒想到二號的印度人咳了兩聲之後，竟然吐出驚爆的發言：

「我要跳身分了，我就是臥底！剛剛黑心人要投票殺人，我都成功阻止了他們的陰謀。可惜我在通訊群組露出馬腳，黑心集團發現我的身分，下一局就會殺人滅口，所以我現在不得不跳身分……」

印度人表明臥底的身分之後，其他人都紛紛提出質疑，但現場再沒有其他人自稱是臥底的話，就會間接證明印度人是眞的臥底。

難道印度人眞的是臥底？

我覺得大有蹊蹺。

TORO、大棠哥、美男柒號和捌號早已表態是市民，現在他們也不宜改口換身分。

「我沒意見。」

崴崴依舊是一句起兩句止，隨便結束了發言。

只剩下女祕書和陳道……

「二號，假如你是臥底的話，你是弱智的臥底嗎？」

女祕書對著印度人針鋒相對。

「臥底一旦暴露身分，在下一個黑夜就會被殺。既然你都要死了，居然還不爆料，這樣的話你幹嘛自取滅亡？都到這地步了，我也不妨直說──我才是眞正的臥底！二號只是『悍跳』！爲了證明這一點，我可以透露打探回來的情報，例如黑心人要殺六號，但最後失手了，特務救了六號一命……特務在場的話，可以證實我的說法……」

我也心裡有數，女祕書的說法比較有說服力，她透露的也是實情。

群組裡的對話再次在我腦海中湧現，印度人應該是代號「B」的黑心人，他早就有了犧牲自己的覺悟。只有這樣做，我們才能逼迫臥底現身，繼而擺脫縛手縛腳的枷鎖。

這一招是迫不得已的做法，我心裡有淌淚的感覺，暗暗感激印度人。

陳道一錘定音：

「我想說的，九號已經替我說了，這次的信息太明顯了，二號是鐵一般的黑心人。我認同九號的說法，她才是眞的臥底。我們一起投票趕走二號吧！」

圓桌中間的BLACK-HEART發出指示：

「現在是法庭投票的環節。法庭投票開始。」

印度人舉起了「9號」的牌子。

郭嘉、TORO、大棠哥、美男柒號、美男捌號、女祕書及陳道，他們都舉起了「2號」的牌子。

我也舉起了「2號」的牌子。

唯獨崴崴沒有舉牌。

她到底在想甚麼？

不怕惹人猜疑嗎？

比賽開始至今，她都懶洋洋的，真的令我有點擔心。

BLACK-HEART轉向印度人說話：

「投票結果，二號離場。請二號發表遺言。」

印度人緩緩站起來，深深不忿地說：

「我真的是臥底啊！你們怎麼不相信我？既然已成定局，我也只好接受這樣的結果。但我拜託大家要盯緊九號，她隨時會在你們背後捅一刀呢！」

言畢，白天時間也結束了。

燈光變暗，眾人的表情隱沒在黑暗之中。

——現在天黑了。

♛：請大家報平安

C：hi

A：hi

♛：你們之中，誰是九號？

A：我是九號

♛：剛剛妳害死了二號

A：對啊！我是悍跳，冒認臥底

A：剛剛我的演技夠逼眞吧？二號才是眞正的臥底。我成功借刀殺人，眞的臥底死了，我們現在有優勢啦。

C：妳怎麼證明自己不是臥底？

A：Come on, TRUST ME!!! 如果我是臥底，我幹嘛要暴露身分？等你們來殺掉二號不是更好嗎？

C：這可能是妳的計中計

A：你針對我有甚麼好處？難得我們贏面大好，你卻搞內鬥自相殘殺。黑心人死剩兩個，你們也一定玩不下去，很快歸西。

A：要不要賭一賭相信我，悉隨尊便。輸掉了的話，我一定不會原諒你們。

♛：好吧，我們先相信妳，現在討論一下殺人投票的事

千萬不要相信她！

她的花言巧語講得太好，令我也一度動搖。

女祕書是陳道的下屬，她絕對會出賣我們，這樣的內幕首領未必知道，但我比誰都清楚。

正當我想輸入這樣的意見，首領已傳出了新的訊息。

♛：這一回我不會投票。C你投九號，A妳隨便投一個號碼。如果A妳不是臥底，票數就會相等，這樣妳就不會被殺，亦證明了清白。

首領這招好高明！

當黑心人只剩兩個的時候，就可以用這招來翦除臥底。

我轉念一想，又覺得很可惜，因爲這是用B的犧牲換來的成果，一命換一命的話，人數較少的黑心人很吃虧。

隔了二十多秒，A才回覆訊息。

A：哎呀，我按錯了。我不小心選錯自己的號碼。你們可以救救我嗎？

這樣就是不打自招，A就是臥底。

臥底沒有投票殺人的界面，於是不曉得有更改的按鈕。就算黑心人選錯了要殺的對象，在時間結束前是可以重選的。首領與我當然知情，也懶得打字拆穿臥底的謊言。

好啦！我已在M-PAD上輸入了指令。

既然臥底在天亮時必定離場，我該向首領表露我的身分嗎？

不行。

臥底還看得見我們的對話內容。女祕書離場的時候，雖然不能說話，但我怕她會用眼神示意。

♛：我們要在場上相認，必須想個方法。

A：支持！AGREE

C：暗號好不好？

♛：我建議是比較特別的手勢。最好是其他人不會做的小動作。

C：用大拇指挖鼻孔吧

♛：。。。。。

♛：捏鼻子兩下，再捏下巴一下吧。

這次的時間真的很趕，我一讀完這個訊息，對話群組立刻自動關閉。

會場廣播發出詢問特務的問題，儘管特務已用畢救人機會，但循例還是會問他要不要救人。特務會不會施毒暗殺呢？我猜不會。

現在只剩我和首領，下一局將會是關鍵的一局。

到底首領是誰？
我們能否成功相認呢？
燈亮了，黑夜時分結束，一切仍是撲朔迷離。

6

時間一到，九個人離開暗室，各自返回座位。

——天亮了。昨晚，九號被殺死了。

大家一點都不意外，臥底一旦表露了身分，當然惹上殺身之禍。

如我所料，特務沒有施毒。

女祕書離場之前，逐一掃視在座各人，似乎要從大家的表情搜刮出蛛絲馬跡。她遵守遊戲規則，不發一言悻悻然出去外面，只留下一陣玫瑰玉露般的香水氣味。

好不容易，我們終於解決了臥底。

轟隆——驚雷又來了。

圓桌只剩下八個人，片刻的電光照得一張張臉半亮。

我透露可以透露的情報，來換取別人的信任。

「昨晚九號被殺了……如無意外，她就是真正的臥底吧？這樣的話，剛剛出局的二號就是黑心人？三減一等於二，即是說場內還有兩個黑心人嗎？對不對？」

當我說話的時候，我不禁分心關注外面的暴風雨。

雷鳴和雨聲愈來愈猛烈，閃電三番四次劃過窗框，天愁地慘日月無光，窗外的景色模糊得泛白，宛如煙霧彈瀰漫後的場景。

因爲二號的印度人已出局，當我結束發言，下一個就直接輪到郭嘉。

「現在臥底犧牲了，場上應該只剩兩個黑心人。在此，我想提醒一下眞正的市民，請你們隱藏身分。正義聯盟在人數上依然佔著優勢，我們可以慢慢玩，等黑心人自爆……」

這期間，我表面佯裝專心聆聽，暗裡卻在留意別人的動靜，尤其是手部的小動作。

「上一局投票的時候，我發現人人都有舉牌，唯獨六號沒有舉牌。之後到她發言的時候，我希望她可以好好解釋一下……」

就在TORO講話的時候，我終於發現了——

大棠哥捏了鼻子兩下，又摸了摸下巴。

這是剛剛通訊時約定的暗號。

原來大棠哥是首領！

坦白說，我本來期待崴崴是首領，不過大棠哥當首領也是好事，至少我相信他不會出賣我。

我正想打出相同手勢，卻發現陳道目光如電緊盯著我。我暗吃一驚後，才發覺他不僅盯著我，也在監視著其他人，彷彿他眞的長了一對金睛火眼，能鑑定黑心人的眞身。

若我現在做出一模一樣的動作，簡直就是找死……我忽然靈機一動，想到應變方案。

趁著大棠哥東張西望之際，我用大拇指插進了鼻孔。

有點痛，但一切是値得的。

因爲只有首領知道我曾提出這種白痴的手勢。

大棠哥目光亮了一亮，心領神會。

太好了！

我們成功相認！

陳道應該沒發現吧？正當我餘悸猶存之際，TORO也講完了，下一個就是五號的大棠哥。

大棠哥很厲害，神情相當鎭定，不動聲色地說：

「我發覺七號經常在偷笑，而且他的笑容很詭異。他這副嘴臉，眞的令我覺得很像壞人。呃，剛開局時，七號說他是市民，很明顯是說謊吧？因爲我才是市民，四號也是市民，八號也是市民的話，七號就一定是騙子。在第一晚的時候，特務已經救過人，所以我們再不揪出黑心人的話，今晚一定會有市民被殺……」

雖然我知道這遊戲須要踩別人來造謠，但大棠哥這番言詞針對美男柒號，難免給我公報私仇之感。

臨結束前，大棠哥補充了一句：

「對了，剛剛四號的問題問得很好，現在我把時間交給六號，請她交代一下前一局爲甚麼沒有舉牌投票。」

崴崴的聲音透過無線麥克風傳來。

「懶呀！我懶得舉牌呀！既然大家都舉牌了，我舉不舉也無所謂吧？」

她就像活火山爆發一樣回答：

場內一陣沉默，大家懾於她潑辣的氣勢。

「六號選手，妳的發言時間未完，妳還可以繼續說話的。」

沒想到連BLACK-HEART也看不過眼，竟然主動催促崴崴說話。

崴崴好像無心戀戰一樣，只是乘機罵人：

「我要附和五號的說法，七號眞的很令人討厭。七號比我還會化妝，男人戴甚麼假睫毛呀？我看著他就覺得礙眼。不管他是不是好人，我就是想趕他出局。至於八號，他的古龍水臭到我這邊也聞得到。」

這種事和遊戲本身沒有半點關係吧？

接下來，美男柒號和捌號都在圍攻大棠哥，大棠哥不愧是大棠哥，一副氣定神閒的模樣，完全沒有受到影響。這兩個美男也對崴崴懷恨在心，說了一些損她的話，但內容都和揪出黑心人無關，只是冤冤相報發洩怒罵。

嗯，很好。

再這樣下去，只要撐到法庭投票，我和大棠哥各持兩票，應該可以票走其他人吧……

「五號，你一定就是黑心人吧？」

陳道一開口，發出雷霆般的宣言，震驚了全場。

「五號有幾點很值得懷疑。第一，他怎麼知道特務在第一晚用了救人的機會？爲甚麼不是第二晚？第一晚是平安夜，的確有這可能性，但也不該排除黑心人無法相認，所以沒胡亂投票殺人。五號的視角這麼廣闊，講得斬釘截鐵，會不會因爲他就是黑心人呢？」

陳道的分析一針見血。

大棠哥面色驟變，雖然他不可回嘴，但他這張臉給人的感覺就是「百口莫辯」。

「第二，我這個人很八卦，一直都在注意其他人的小動作。臥底在剛剛的黑夜時分才出局，黑心人擔心洩露機密，應該還無法留言確認身分吧？我猜，黑心人會在場上用暗號相認。剛剛五號捏了自己鼻子兩下，又捏了下巴一下。在我看來，這很明顯是一個暗號，用來和其他黑心人相認。」

這下子完蛋了。

陳道料事如神，眞的一一說中了。

「等一下投票喲，我一定會投五號。最後，我還要說，一號和六號中必出一名黑心人。一號一直畏首畏尾的，實在相當可疑。六號由始至終都在亂玩，我反而覺得她好像藏著甚麼祕密，或者只是故意擾亂視線。總之我們先票走五號，然後再慢慢對付一號和六號。」

頓了一頓，他又笑盈盈地說下去：

「我暫時不須要跳身分，但我可以告訴黑心人——我是有能力的角色，你殺我只是浪費你的機會。」

我心慌得很，根本就不敢望往陳道那邊。

陳道正在支配這場比賽。

一如所料，大家都遵照陳道的吩咐投票，連我也像被操縱的扯線人偶一樣，舉起了「5號」的牌子。在場之中，只有崴崴和大棠哥舉起了「7號」的牌子，這兩人很明顯只是看美男柒號不順眼。

六票五號，兩票七號。

「投票結果，五號離場。請五號發表遺言。」

就在眾人注目之下，大棠哥站了起來。

「我沒甚麼好說的。」

他不愧是個硬漢，沒有替自己狡辯。

——特殊能力發動。

大棠哥真的是黑心人首領！

我怔怔地瞪著他，他瞥了我一眼，立刻移開了視線。

——你可以帶走一個人。請問你要帶走誰？

大棠哥沒考慮多久，便咬牙切齒地說：

「我要帶走七號。」

這是首領的垂死一擊，他果然沒有放過美男柒號，做鬼也要帶著仇人一同陪葬。

美男柒號冷笑了一下，毫無動身要離座的意思。

——七號是警長。他可以擋下一次暗殺。

慘了。

這遊戲最不該攻擊的對象就是警長。

轟隆——

突如其來的雷聲令我很想捂住耳朵。

我也看不下去了，但為免惹起別人的懷疑，我還是不得不看。

美男柒號笑得有點陰險，目光有冷嘲熱諷之意。

大棠哥不得不嚥下這口惡氣，不吭一聲憤然離場。我忍不住瞟了一眼，只見他寬大的雙肩都在發抖，生氣成這個樣子，也不知他到了外面會不會一邊搥牆，一邊大哭。

現在又到了黑夜時分。

七位倖存的選手進入暗室。

我帶著恐懼打開通訊ＡＰＰ。

Ｃ：hi hi

Ｃ：有沒有人呀？

Ｃ：是不是只剩下我一個？

Ｃ：HELP！我需要支援啊！救救我呀！我想活下去呀！

毫無回應。

這是自己寫信給自己的感覺。

即是說，我的兩位同伴都已經被逐出場，現在我就是唯一未死的黑心人。

好空虛好無助。

我是最後一個黑心人的話，崴崴就一定是對面的陣營，也就是說我這次是孤軍作戰，她想幫我也不行。

轟隆、轟隆、轟隆！

連續三下響雷，嚇得我晃了一晃。

明明黑夜是屬於我的時間，我卻感到恐慌。

何以抹不走這恐懼？

我盼求希望，但暗室裡只有平板電腦的光芒。

7

——他被殺死了。特務救不救人？

——特務要不要使用毒藥？

聽完這兩條循例要問的問題之後，我就撥開布簾離開暗室。

這一局很有可能是最後一局。

黑心人只剩下我一個，我能想得到的取勝方法，必須達成兩個條件：

一、我在剛剛的黑夜時分殺對了市民。

二、我在這一局成功瞞騙其他人，他們在法庭投票時放過我。

這兩個條件缺一不可。

唯有這樣做，我才有可能撐到下一個黑夜，再多殺一個市民。但最大的難關是要瞞過陳道，因爲他在上一局已對我起疑，現在的情況很不樂觀。

場內燈光漸漸變亮。

七位參賽者由暗室出來，逐一回到各自的座位。

只有我預先知道夜裡死掉的對象，爲免惹起懷疑，我不敢望向在我右側的陳道。

——天亮了。昨晚，四號被殺死了。

我選擇了TORO，因爲他給我的感覺最像市民。

TORO站起來了。

由於是被暗殺的情況，他沒有發言的機會，離座後就要悄悄離場。

突然，場內的音響發出廣播：

——特殊能力發動。

原來TORO是戰狼！

因爲只有黑心人首領和戰狼在出場的時候，才會啓動其特殊能力，憑這邏輯就可以推斷出TORO的身分。

我殺錯了！

太倒楣了吧……我暗罵了好幾聲髒話。

戰狼的特殊能力發動，可以帶走其中一名選手。

——你可以帶走一個人。請問你要帶走誰？

還有希望的……只要他帶錯人……

TORO顯得一臉困惑，眉頭深鎖掃視著在座各人。

「快帶走市民吧！」

我暗中盼望他帶錯自己人，這樣的話黑心集團才能保住一絲勝算。

最後TORO搖了搖頭，甚麼也沒做就離場了。

可惜。

他很聰明，曉得正義一方在人數上佔盡優勢，寧可不殺也不要殺錯，這時候開悶槍反而是最佳的策略。

因此，我的計畫已經全盤失敗。

——我還有取勝的方法嗎？

我看著場上剩餘的對手。

三號，郭嘉。

六號，崴崴。

七號，美男柒號。

八號，美男捌號。

還有惡蛇般的十號，陳道。

這一刻我才醒悟，剛剛陳道那番發言很聰明，因爲戰狼和臥底已離場，七號已證實是警長，尚未暴露身分的特殊角色只剩下特務。

現在，陳道甚麼都不用說，正義聯盟一方都知道他是特務。

這下子相當不妙……郭嘉根本是陳道的一條狗。以郭嘉忠心的性格，如果他是黑心人，一定會鞠躬護主自爆身分，來讓陳道取得優勝。因此，陳道絕不會懷疑到他的頭上。

剩下來，場上尚未確認身分的人，只剩下我、美男捌號和崴崴。

美男捌號曾聲稱自己是市民，這番話的可信性極高。

如此推斷的話，崴崴也一定是市民。

如果我想繼續生存，唯一可行的策略就是誣陷崴崴，訛稱她是黑心人，以此來轉移所有人的視線……

想到這裡，我不禁苦笑。

我知道，我是做不到的。

我寧可死掉，也不會說出半句傷害崴崴的話。

「嗶嗶，請一號發言。」

在最後的回合，我第一個發言。

「誰是黑心人呢？我覺得八……八號很值得懷疑……雖然他說自己是市民，但他會不會在騙我們呢？看，他又在撥頭髮……撥頭髮就是他掩飾不安的小動作吧？十號……也是有嫌疑的吧？如果我們都一直把他當好人，他是壞人的話就糟糕了……知人知面不知心，這種人最恐怖……」

我說得結結巴巴，這樣一定惹來眾人的懷疑。

接下來，輪到三號的郭嘉發言。

由比賽開始，他就一直咬著我不放。

「黑心人首領和戰狼都走了。場上只剩一個黑心人吧？剛剛哪，一號的說法實在太荒謬了，簡直語無倫次。八號很明顯是好人，誰也不該懷疑他吧？要懷疑，也該先懷疑六號吧？而十號在上一局說服大家票走黑心人首領，如果十號是黑心人的話，這是甚麼玩法？

七傷拳?苦肉計嗎?十號說過,一號和六號之中必出黑心人,現在一號眞是可疑到極點。在這一局的法庭投票,我一定會投他。」

這番分析切中要害,我根本無力招架。

郭嘉眞不愧是陳道的得力助手,這兩個人完全主導了比賽。

「對了,十號的身分是特務吧?如果他一會兒要下毒,一號必然是首選對象。不過,我有信心,不必等到黑夜,這一輪的法庭投票就可以票走一號,然後我們就大獲全勝。」

好了,就這樣結束吧。

郭嘉一講完,我就知道勝負已定。

黑心人一方至少要再取兩人,才有可能獲勝。

可是,別說是殺兩個人,我連一個人也殺不了。

未到黑夜,在法庭投票的環節,他們一定會先趕我出局。就算我僥倖活到黑夜時分,在我今晚要殺人之前,特務也會先將我毒斃。

無計可施啦。

當我知道自己輸定了的一刻,反而感到釋懷。

這樣的話,崴崴就可以過關了。憑她的實力,就算她無法打敗陳道,還是有很大的贏面成爲三名優勝者之一。我希望她可以拿到一百萬的獎金，用這筆錢幫她爸爸付醫藥費。

「好了，現在請六號選手發言。」

崴崴發言之前，與我四目交投。

我很自然地笑了。

——可以陪妳來到這裡，我覺得心滿意足。

崴崴，請妳代替我走下去吧！

窗外忽明忽暗，室內也風雲變色，射燈好像斷電般晃了一晃。

出乎所有人的意料，崴崴語出驚人：

「大家不用猜啦，我直接招認好了——我就是黑心人。」

8

「沒錯，我就是黑心人。這不是開玩笑。我知道我是輸定了，但臨死之前，我至少有發言權。明知道怎麼反抗都不會有希望，難不成我發洩罵一罵也不可以嗎？」

「我會這麼說，就是因爲我看不過眼。我眞的很生氣很生氣！」

「這個遊戲由一開始就是不公平的，黑心人一方處於極大的劣勢。這個遊戲的目的，根本就是讓正義一方滿足他們的權力慾，讓他們慢慢虐殺黑心集團的參賽者。」

「黑心人一方唯一的取勝方法，就是同伴彼此之間的信賴，但這遊戲居然可以讓臥底滲透和分化，請問這樣要怎麼玩呀？就算成功揪出臥底，又要面對警長這種開外掛般的角色，他媽的居然有死而復生的能力！」

「自稱是正義的一方就算取勝，也不是因爲你們玩得出色，只是因爲你們一開始就抽中好角色。你們幸運，不代表你們可以譏笑和欺凌不幸的人！你們不會明白黑心人面對的困境，也無法體會他們在絕望中反抗的心情。黑心人根本毫無勝算，我們早就自知這一點，但我們就是不甘心、不服輸也不想放棄。」

「也許，你們都覺得這只是一場遊戲，遵守規則玩贏了就ＯＫ？哼，也許吧，這一切都是主辦商的安排，你們都不會認爲自己做了錯事。這個遊戲的參賽者，大都是無冤無仇，但主辦商將我們安排在同一個戰場上，賦予我們這樣的角色，我們就只好互相敵對。」

「只是，一個中學生應該無憂無慮，本來對人性滿懷信任和希望——爲甚麼要毀掉我們的價值觀？不想玩就不要參賽嘛，但我哪想到比賽的遊戲會這麼邪惡！當初我根本是受騙上了一條賊船！」

「我們，都只是一般的中學生吧？我們爲甚麼要互相欺騙和廝殺呢？爲甚麼呢？如果這是主辦商的目的，他們已經達到了。」

「我眞的覺得這樣的遊戲很白痴。」

「我可以無所畏懼地說——我是黑心人！我受夠了，請淘汰我吧！」

9

儘管其他人無動於衷，但我內心十分激動，崴崴這番大義凜然的話，正是說出了我的心聲。

這個遊戲，黑心人會冒認其他角色。

但絕不可能會有正常人冒認黑心人的玩法。

難道她是想用這番話來打動其他人，喚醒眾人的同情心，繼而放棄投票趕我出局？

我眞是想多了。

爲了一百萬獎金，誰會同情我呢？

這場遊戲本來就是殘酷的，同情心絕對不是考慮因素之一，每個人只在乎自己的陣營能否勝出。

「妳是黑心人？會不會騙人哪？雖然妳嘴巴壞壞，我一直都覺得妳是好人……本來一心要票走一號，現在變得好煩惱啊！」

「對啊！好像被兩個美女同時追求一樣，眞不知道要選誰呢……」

美男柒號和捌號聽到崴崴那個說法，反而感到不知所措，竟然替她講起了好話。

BLACK-HEART面向十號。

「現在請十號選手發言。」

大BOSS最後登場。

陳道和崴崴四目相對，彼此毫不退讓。

隔了半晌，陳道將雙臂枕在桌上，有點茫然地看著崴崴。

「我真是看不懂妳的玩法。在我的筆記裡，妳應該是個市民呀。難道妳是替一號擋刀？這不對呀，這樣做對妳沒有半點好處，除非妳和一號串通，想讓他取勝。但妳這樣做根本沒用，就當妳是市民，妳離場了，場上還有一個市民，黑心人一方還是不可能取勝。我眞的看不懂，難道場內眞的有兩個黑心人，就是妳跟他？」

等一下。

陳道說的對，我不該排除這個可能。

我判斷黑心集團只剩下我，只是因爲GG聊天群組無人回應我。如果另一個黑心人不傳送訊息，這樣的確可以隱瞞自己的生死。

難道崴崴才是群組裡的「B」？她假裝已死，就是怕我洩露天機，要瞞過別人之前，首先要瞞過自己人？

但我轉念一想，又發覺當中矛盾之處。

不對呀！

如果她是黑心人，她根本不該自爆身分吧？郭嘉揣測場上只剩一個黑心人，既然大家都抱著這樣的想法，她更加要沉得住氣隱藏身分吧？

「哈、哈。」

陳道突然發出清脆的笑聲。

「不管怎麼樣，我們都是贏定了。我乾脆跳身分好了，不過大家早該知道了——我是特務，第一晚黑心人殺的是六號這位小姐。我不排除她是『自戕』來瞞神弄鬼。就當場上有兩個黑心人好了，我們這一輪先投票趕她出局，到了黑夜時分，我會下毒解決一號，這樣遊戲就一定結束了。」

完了。

陳道這樣做，絕對是萬無一失。

根據遊戲規則，即使我在入黑後殺死陳道，他施毒的優先次序還是在我之上，無論如何黑心集團都必先全軍覆滅。更何況，正義聯盟一方在人數上佔盡優勢，他們就算亂玩一通都是贏定了。

圓桌中間的機械人發出指示：

「現在是法庭投票的環節。法庭投票開始。」

陳道舉起了「6號」的牌子。

崴崴沒有舉牌。

我也是。

美男柒號、美男捌號和郭嘉支持陳道，紛紛舉起了「6號」的牌子，所以這一場法庭投票趕了崴崴出局。

到最後，我還是毫無勝算，一切都在陳道掌握之中，按照他的計畫來殲滅黑心集團。

「投票結果，六號離場。請六號發表遺言。」

這時候，我竟看見崴崴眼睛大亮，閃出狡黠的光芒。

「計画通り——」

崴崴笑意盈盈，說出她的招牌勝利宣言。

在場之中，只有我聽得懂。

「就這樣。我的遺言只有剛剛那一句。」

崴崴站起來，懶得再說半句廢話。

——特殊能力發動。

場內音響發出上帝一般的聲音。

這一下，不僅是我，在場所有人都吃了一大驚，而且是七級大地震以上的震驚級數。

我肯定大棠哥是黑心人首領。

所以——

崴崴一定是戰狼！

——你可以帶走一個人。請問你要帶走誰？

「怎麼會這樣？不可能的！」

陳道激動得暴跳彈起。

戰狼和黑心人首領都已經離場，這是剛剛所有人的共識，除非主辦商分配角色時忽略出錯，否則場內絕無其他角色可在死後發動能力。

「你是說這段錄音嗎？」

崴崴就在大家睜大眼注目之下，撥弄手上的M-PAD。

——**特殊能力**發動。

眾人一臉詫異。我也是。

「不用猜了，我來告訴你們答案吧。在黑心人首領被趕出局的時候，我偷偷錄下了場內的廣播。主辦商說的，這台M-PAD愛怎麼用就怎麼用嘛！場內的音響沒有加鎖，我用藍牙功能連連看，結果真的成功了。」

原來TORO只是一般市民。

崴崴卻亂放煙幕，讓全場誤會他是戰狼。

主辦商早就察覺這件事，可能默許這種規則上的漏洞，又或者不能因現場的設備問題而中止比賽，故此就縱容崴崴做出這樣的事。

場內的音響重複了一遍：

——你可以帶走一個人。請問你要帶走誰？

這段廣播是眞的。

崴崴掃視在場各人一眼，然後指著陳道。

「十號。」

戰狼是正義陣營的成員，崴崴卻故意暗殺自己人。

陳道不服氣，連拍兩下桌面，轟得砰砰作響。

「這局不算！沒有人這樣玩的！妳是白痴嗎？妳這樣做有意義嗎？妳自己也得不到獎金呀！」

崴崴瞪著他，迸出一句狠話：「攬炒〔註〕呀！你明不明白？可以和你攬炒，比我自己贏錢更高興！」

註：廣東話俚語，與「玉石俱焚」同義。

——現在天黑了。

會場漸漸變暗，射燈如同一盞盞熄滅的蓮燈，只剩下片片斷斷的殘光，黑暗即將籠罩可見的一切。

還未進入暗房，我已經在螢幕上輸入了指令。

熄滅之前，燈又亮了。

猶如曙光乍現，驅散了黑暗，照亮了全場每一個角落。

由於陳道代表的特務已不在場，所以系統跳過常規步驟，自動執行了我輸入的指令。

——天亮了。昨晚，七號被殺死了。

會場內的模擬人聲在寂靜中迴響。

——遊戲結束，黑心人一方獲勝。

耶！

崴崴與我擊掌歡呼。

這是我和她的合力擊殺。

看著陳道呑敗飲恨的可憐相，我心中暢快到了極點。雖然崴崴只是在遊戲裡挫敗他，但也總算是出了一口惡氣，報了一箭之仇。

這一屆——

不知是第幾屆的黑暗地下桌遊大賽——

就此告終。

FINAL GAME

良知考驗

黑夜過後，就是黎明。

不是因爲希望才堅持，而是堅持才有了希望。

只要堅持，就可以等到意外出現，聽說這種意外就叫作「黑天鵝」〔註〕。

我不知道如何抓到這隻天鵝，一切彷彿就是天意，讓我憑著神乎離地的好運，站上了全港中學生的頂點。

「全靠打雷，我才可以測試音響。」

在宿室收拾行李的時候，崴崴告訴我這樣的事。

原來黑夜時分暗室四周響起的雷聲，有幾聲混雜了假雷聲，竟是崴崴用平板電腦連線播出來的。有了這樣的準備，她才在關鍵時刻以假亂眞，成功瞞過了所有人。所以說，全靠老天爺暗中相助，我們才可以險勝。

另一方面，如果陳道不是要整死崴崴，他早已贏得了那一個賽局。

註：出自《黑天鵝效應》（*The Black Swan*）一書，常用於金融領域，指的是罕見而不可預測，但影響極大的事件。

愈是以爲不可擊敗的對手，他們也必自視過高，妄信人定勝天，結果卻被天意打敗。

「天道才是最強的兵法吧？我們只須要靜候天時，替天行道。」

崴崴的話好深奧，但我略有所悟。

小窗透著微光，窗外的毛毛雨稍歇，暫時未有晴朗的天色，但我深信湛藍的天空就在雲端之上。因爲這是物理現象，大氣層本來就是藍色的，只是烏雲遮蔽了天日。

人性，本來就不壞。

崴崴是有點粗魯沒錯，但我愈認識她，愈覺得她是個好人。可以跟她沿著同一條小徑前進，我覺得很幸運。

當我倆再度回到最終決戰的房間，裡面只剩下大棠哥，桌上橫擱著他的「行山郎牌」大背包。

「印度人剛剛出去領獎了。」

大棠哥也是三位優勝者之一，完場時他知道了獲勝的喜信，立刻眞情流露，衝到比賽場地抱緊我，抱到我的肋骨格格作響。

有種默契，讓我和他只是初見，卻成爲了眞心相交的戰友。可能因爲我倆的價值觀相近，他不是那種眼裡只有錢的自私鬼。

「我會拿這筆錢來振興禿頭堂！」

說不出爲甚麼，我相信他眞的會這麼做。

臨別在即，我趁機向大棠哥問：

「爲甚麼你會和我交朋友？」

我這個問題的潛台詞就是：進入GAME 4的還有TORO和印度人，爲甚麼你開局前會找我聊天，而沒有看上TORO和印度人？

大棠哥爽朗笑了兩聲，大力拍了我的肩膀兩下。

「我第一眼看你就知道了，你將來一定是我們的一分子……經過這次，再次證明『十個禿頭九個富』！我等你加入啊！」

我欲哭無淚。

竟然是這樣的緣故……我還是拿出手機，開始追蹤禿頭堂的ＩＧ。

有人敲門，素色麻衣姊姊進來，指示大棠哥出去，到會議室簽署文書，登記領獎帳號。

大棠哥背著我揮起右手，就當是告別了。

房間裡難得的寧靜，只剩下我和崴崴。

我說出一直壓在心頭的想法：

「崴崴，我根本沒資格領獎。不是妳讓我贏的話，我根本不可能贏得了。我打算和妳平分獎金，或者……妳要拿走全部獎金，我也非常樂意給妳的。」

「好啊！我就不客氣了，請給我全部獎金。」

我樂意至極的心思，表露在我的微笑。

崴崴直視著我，隔了半晌，才說：

「你這傢伙……眞心是認眞的。」

「當然是眞心的喔！」

「樂樂，你眞可愛。我果然沒看錯人。這些獎金我不會要的，你也不用給我。」

崴崴摸了摸我的頭髮，又摸了摸我的耳朵，這番親暱的舉動令我呆了一呆，我不由得臉紅起來。

「妳……妳……不是需要這筆錢嗎？」

「我是需要這筆錢沒錯，但我擔心會有後果。」

「後果？放心啊，我不會要求妳對我……回報……」

我的臉更紅了。

請原諒我差點說出「以身相許」這個成語。

「傻瓜，不是這個原因喔……我來問你好了。你想想看，假如你收了這筆錢，將來會有甚麼後果？天下沒有眞正免費的午餐，表面免費的東西往往是最貴的。」

我恍然大悟，她意思是說我一旦收了這筆獎金，將來就會有把柄在主辦商的手上。受人錢財，替人消災，搞不好我會永遠成爲別人的傀儡。

換句話說，我領了那筆錢，就會默默成爲「他們」的一分子。

他們只花一百萬，就買下我的靈魂。

對那些人來說，這是多麼划算的生意！

素色麻衣姊姊來了。

「周紙樂先生，請你跟我出去。」

這一夥處心積慮的惡魔，早已準備好黑暗的契約，就在前面的房間等我。

在我們的人生之中，總會有須要做出重大抉擇的關鍵時刻。

我們都要將「良知」放上衡量的天秤。

——你的「良知」何價？

這就是每個人都要玩的遊戲，名爲「良知考驗」。

一生總是免不了的。

一旦輸了，就會永遠掉入黑暗。

我手裡拿著《制服誘惑》，這本會長在開賽前給我的書。我一步步前進，前往走廊盡頭的房間。

經歷了這兩天的比賽，我不禁疑惑——

這個世界是否不適合好人生存？

哪怕上帝是如此設計這個世界，我也會選擇當一個好人，原因無他，只是因爲我實在當不了壞人。

房間裡的男人是GAME 1的主持人，我不知道他的眞名，只知道他在遊戲裡的稱呼是狼人先生。他穿著同一套合身的西裝，隔著乾淨的原木長桌，向我遞出一份合約。

他請我填上個人資料。

當然，最重要是領取獎金的銀行帳號。

「二、二、五、五……」

我填寫了默唸的帳號。

那個帳號不是我的，而是某慈善基金的匯款號碼。

這時候，我勉強裝出一個笑容，盡力表現出興奮的情緒。直到離開房間之前，我都處於戰戰兢兢的狀態。

當我掩上門的一刻，情不自禁呼出一口氣。

「嗨。」

崴崴在等我。

一切盡在不言中。

那一刻，我終於明白了，崴崴口中的「攪炒」，並不是「同歸於盡」的意思，而是已昇華到「寧爲玉碎，不爲瓦全」的層次。

我倆挽著背包，一邊踱步，一邊聊天。

「對了，我有個小祕密要告訴你。」

「小祕密？」

「我的眞名不是胡崴王。」

她給我看一看手機螢幕上的字：

胡崴壬。

「由於太多人寫錯和讀錯我的名字，把『壬』字看成了『王』字，我已經懶得澄清了……除非是我很重視的人，我才會跟他澄清。我眞名叫胡葳壬，發音和任天堂的『任』一樣。」

天啊……她這麼說、她這麼說……莫非……

她對我有好感乎？

這雖是老掉牙的說法，但這兩天我並非一無所獲，我贏得最大的獎品就是她的友情。至於我和會長及小鬼的友情……就算了吧。

這是一個寧靜的傍晚。

我和葳葳走向通道的盡頭。

門口泛著模糊的光，那裡是昨天進場時的入口。

淅淅瀝瀝的雨聲早就停歇了。

歸去。

遠海是一片遼闊微亮的天空，也無風雨也無晴。

《黑暗地下桌遊大賽》完

THE BLACK-HEART GAMES

關於香港黑暗的一面

「只要把女人娶到手，婚前的承諾都可以不算帳。」

香港特別行政區首長選舉

由一九九七年香港回歸中國開始，香港每隔五年都會舉行香港特別行政區首長選舉（簡稱「特首」選舉），但只是人數一千二百人左右的小圈子選舉，立場親中的組織和團體握有絕大多數的投票權。

而在香港回歸之前，在中方與英國簽訂的「中英聯合聲明」條文中，中方曾允諾讓香港居民在回歸後可以一人一票選出特首。回歸二十年後，中方當然爲所欲爲，外交部發言人陸慷在二〇一七年六月二十九日主持記者會，聲稱「中英聯合聲明」只是一份歷史文件，不具有任何現實意義。

「有土斯有財，沒房子變奴才。」

香港土地問題

根據世邦魏理仕近日發布的《二〇二〇全球生活報告》，全球甚至全宇宙房價最貴的地方就是香港，每平方呎均價更遠遠拋離榜上第二的「對手」。

香港土地問題的成因，乃在「限制每年賣地不多於五十公頃」這條不合事宜的土地政策，儘管新界尚有大量未開發的土地，政府都只是逐年慢慢釋出。學校的教材書亦一直向學生灌輸「香港地小人多，寸土寸金」的洗腦觀念，這句話也不算是全錯，香港缺乏土地供應，就是因爲土地掌握在政府的手中，政府的主要收入來自賣地，就與地產商結成了「地產霸權」。

美國和台灣的首富都是靠投資科技產業來致富，然而香港的首富們都是靠炒賣土地來致富。Youtube上就有一段「公屋●居屋●私樓」的影片，諷刺沒房子的香港男人無法討得女友雙親的歡心，命苦娶不到老婆。

「散戶都是大鱷的點心。」

唯利是圖的中環價值觀

只要看過最經典的港劇「大時代」，就會知道香港是個「全民皆股民」的瘋狂社會。幾乎每個香港人都有股票交易戶口，在香港買股票是像買菜一樣簡單和普遍的事，大多數香港人均以發財爲人生首要目標，股市也就是一個鱷魚潭一般的「賭場」。

中環是香港的金融區，除了各大跨國企業，各大地產商、律師樓和會計師樓的總部，都一一聚集在這一區。全香港收入最高的菁英薈萃一堂，他們代表的價值就是中環價值，也是一種「唯利是圖的利己主義」。

這種主義如同輻射般散播出去，就養成了大多數香港人勢利的根性，笑貧不笑娼，先敬羅衣後敬人。

偏偏同理心和正義感是人類與生俱來的天性，哪怕上一代同流合污，下一代的孩子卻有了反抗的慾望，追求金錢價值以外的人性光輝。於是，就在這世代之爭中，釀成了社會動盪的大悲劇。

「黃台之瓜，何堪再摘。」反抗的社會運動

二〇一九年，香港首富李嘉誠在報章上刊登聲明：「黃台之瓜，何堪再摘。」其典故出自唐朝太子李賢的《黃台瓜辭》，李賢的母親就是武則天，面對母親奪權的迫害，李賢就在囚室中寫下對親人的筆諫。

照坊間的解讀，李嘉誠是勸喻當權者不要對年輕人趕盡殺絕，從寬處理年輕人被捕的案件。而在聲明刊出後不久，有謠言說首富被召去「訓話」，之後首富也不敢再有所表態。

社會運動結束，清算立刻開始，即使有年輕人被判無罪釋放，代表政府的檢控官亦窮追猛打，不停上訴再上訴，務使年輕人入獄才會罷休——無論成功與否，年輕人都要耗盡家財來打官司，而政府花的只是公帑。

當權者眞的沒有再摘黃台之瓜，因爲他們要直接夷爲平地，直到寸草不生才會沒有後顧之憂呢！

THE BLACK-HEART GAMES

台版誌

當台灣的年輕人是幸福的。

十六歲，花樣的年華，香港的年輕人已走上街頭抗爭。

到底是甚麼迫使他們走上街頭？

本來是情竇初開的少年，本來是天眞無邪的少女，本來是只爲升學而煩惱的歲月……一切都染血了，都在硝煙和催淚彈的氣味之中化爲烏有，濃煙過後都是一條條走上囚車的身影。

對，囚車，開往監獄的囚車。

終點是只有鐵窗和密柵的狹間。

他們的青春如彩玻璃一樣碎開，永不回來，永不復再，劃下永恆的傷痕。

香港的記者都是「創傷後遺症」的高危族群，面對令人窒息的荒謬，記者迫使自己練成鐵一般的心腸，保持冰一般的冷漠作壁上觀。唯有幻想自己是冷血動物，他們才不會因爲目睹殘酷的現實而瘋掉。

但是，二〇二〇年十二月冷風凜凜的一幕，還是令一個個鐵漢和鐵娘子淌下了熱淚。

在記者的眼前，一台囚車駛離法院，有個八歲的孩子鍥而不捨追著囚車。誰都看得出來，囚車裡被定罪的人是他的親人，可能是他的哥哥，可能是他的姊姊……總之一定就是對他來說很重要的人。

八歲的時候你在做甚麼？

到底是甚麼樣的政權，才會對年輕人如此殘忍無情？

四年。六年。八年。

在一個人被判入獄之後，竟然還可以生出新的法例，網羅更多的罪名，來加重牢中人的刑期。

也就是說，昨天的你已經觸犯了未來的法律。

這種審判都是沒有陪審團的，這也是精通法律的機關最會玩的「奥步」，而他們就是定下規則的「遊戲營運商及設計者」。

對，沒有人能贏過可以隨便修改規則的莊家。

但這不是一玩完就結束的遊戲，也不是輸光光就投降的賭局。

一輸，就要入獄。

一念之差，就可葬送一個人的青春。

沒有仁慈的社會，最後就只會剩下仇恨。

香港已變成我陌生的地方。

在十年之前，那裡已無我容身之所，別說是生活，恐怕連生存也成難題。十年前我就來了台灣，自此就在這片土壤落地生根。

我以台灣爲家，這也是我老婆最愛的土地，也是我兒子出生和成長的地方。我這種小人物只要有能力做得到，都會想方設法令台灣變成更美好的地方。

我一直很感激給我安身之所的台灣，感謝曾給我滿滿暖意和鼓勵的好人。

正在牢獄中的社會運動政治人物梁天琦，曾說過這樣的話：

「不論你是什麼背景，也不論你是什麼時候來到香港。只要你願意捍衛香港的核心價值、尊重香港的文化、願意融入，而且願意維護香港行之有效的典章制度，你就是香港人。」

這番話，放諸世界各國也是一樣的。

只要眞心爲自己選擇的國家做出貢獻，這就是眞正的國民，不問出生地，也不問背景，只看一個人爲社會付出的一切。

台灣的朋友啊——

假如有一天你的同學來自香港，又或者你在餐廳聽見廣東腔的國語——請你對萍水相逢的異鄉人笑一笑，簡單而溫暖的微笑就是最好的見面禮。

當你帶領別人看見光明，也是讓你自己走向光明。
在這千瘡百孔的世界，我們都是命運的共同體。

天航

國家圖書館出版品預行編目資料

黑暗地下桌遊大賽 / 天航 著. ——初版.
——台北市：蓋亞文化，2021.04
面；公分. ——（悅讀館；RE389）
ISBN 978-986-319-547-4（平裝）

857.7 110003200

悅讀館 RE389

黑暗地下桌遊大賽

作　　者　天航（KIM）
插　　畫　六百一
封面設計　莊謹銘
責任編輯　盧韻亘
主　　編　黃致雲
總 編 輯　沈育如
發 行 人　陳常智
出 版 社　蓋亞文化有限公司
地址：台北市103承德路二段75巷35號1樓
電話：02-2558-5438　傳真：02-2558-5439
電子信箱：gaea@gaeabooks.com.tw
投稿信箱：editor@gaeabooks.com.tw
郵撥帳號 19769541　戶名：蓋亞文化有限公司
法律顧問　宇達經貿法律事務所
總 經 銷　聯合發行股份有限公司
地址：新北市新店區寶橋路二三五巷六弄六號二樓
電話：02-2917-8022　傳真：02-2915-6275
初版一刷　2021年4月
定　　價　新台幣 280 元
Published and printed in Taiwan

ISBN 978-986-319-547-4

Gaea

Gaea

Gaea

GAEA